Amores imperfectos

Edmundo Paz Soldán

Amores imperfectos

ALFAGUARA

© 1998, Edmundo Paz Soldán

© 1998, Santillana, S.A.
 Av. Arce 2333 La Paz - Bolivia

© De esta edición:
 2001, Santillana USA Publishing Company, Inc.
 2105 NW 86th Avenue
 Miami, FL 33122
 Teléfono: (305) 591-9522
 Fax: (305) 463-9066
 www.alfaguara.net

- Grupo Santillana de Ediciones S.A.
 Torrelaguna 60 28043, Madrid, España
- Aguilar, Altea, Taurus, Alfaguara, S.A. de C.V.
 Avda. Universidad 767, Col. del Valle, 03100, México
- Ediciones Santillana S.A.
 Calle 80, 1023, Bogotá, Colombia
- Aguilar Chilena de Ediciones Ltda.
 Doctor Aníbal Ariztia 1444, Providencia, Santiago de Chile, Chile
- Ediciones Santillana S.A.
 Constitución 1889. 11800, Montevideo, Uruguay
- Santillana de Ediciones S.A.
 Avenida Arce 2333, Barrio de Salinas, La Paz, Bolivia
- Santillana S.A.
 Río de Janeiro 1218, Asunción, Paraguay
- Santillana S.A.
 Avda. San Felipe 731 - Jesús María, Lima, Perú

ISBN: 950-511-587-3

Diseño: proyecto de Enric Satué
Diseño de cubierta: A & D Buró Creativo

Impreso en Colombia
Primera edición: abril de 2000

What a tangled web we weave
When we first practise to deceive

Walter Scott

A Tamra, mi amor perfecto

Índice

Segunda parte

Primera parte

Historia sin moraleja

En el parque una tarde soleada de junio, Marissa juega con Blackie, su cocker spaniel blanco. Arroja una pelota de tennis hacia la fuente en el centro del parque, y Blackie, sus largas y sucias orejas tocando el pasto recién recortado, corre tras ésta tratando de seguir con los ojos levantados su curvatura parabólica en el aire sofocante, poblado de libélulas y mariposas amarillas. Un momento después, Blackie reaparece con la pelota entre los dientes, y la deposita a los pies de Marissa. Ella, la amplia polera anaranjada en la que se apoyan sus senos inquietos y sin sostén —es la humedad—, acaricia el enredado pelaje de Blackie, necesitado de un baño, y juega con su cola mientras repite, en ritmo de cumbia, *mariposas amarillas Mauricio Babilonia.* Luego vuelve a tirar la pelota. El juego se repite alrededor de media hora, y tanto Marissa como Blackie parecen disfrutar de la repetición, como si una precondición para su placer fuera la ausencia de novedad, o como si, a su manera, cada repetición pusiera en juego la novedad del principio y por ese solo hecho fuera nueva.

El juego termina cuando Blackie vuelve sin la pelota y con dos billetes de cien dólares entre los dientes. Es el inicio de la maravilla. Marissa le pregunta a Blackie de dónde los ha sacado. Blackie, por toda respuesta, mueve la cola. ¿Y la pelota? Blackie saca la lengua. Marissa se dirige hacia la fuente. No hay rastros de la pelota. Mira de un lado a otro con ojos culpables a unos chiquillos jugando *frisbee* y a una pareja de adolescentes besándose en un banco —ambos llevan placas dentales, Marissa cree que puede ser peligroso, un beso eléctrico puede terminar en corto circuito, en lenguas chamuscadas—, y a un anciano de orejas enormes leyendo en el periódico acerca de una guerra civil en África. Nadie parece reparar en ella. No lo puede creer, pero tampoco le interesa hacerlo o no. Al día siguiente, con otra pelota —y otra polera, una con un dibujo de Lichtenstein, una pareja discutiendo—, la magia se repite ante sus ojos azorados, y esta vez Blackie vuelve con la foto ajada del primer amor, ferviente marxista, «desaparecido» por las fuerzas de seguridad del Estado en un golpe militar diecisiete años atrás. Después, durante una semana, vendrán la novela manuscrita de un enamorado suyo que se creía Onetti, las llaves que creía pérdidas del sotano de su casa en el que jugaba con fantasmas cuando niña, las entradas rojas de la serie sobre film *noir* que vio en la Cinemateca un invierno lluvioso cuatro años atrás, una botella de vino blanco de Mendoza que le recordaba a un amante que tuvo y se fue pero en realidad no —siempre, de un modo u otro, se las ingeniaba para acompañarla—, una tarjeta en la que se leía en su propia letra temblorosa la frase *I do crazy, wild things for you*, un camisón azul que le había

regalado a su primer amor, un pasaje en avión, sólo de ida, a San Francisco.

Después de esa semana, nunca más. Blackie
no perderá el gozo, pero volverá a la vieja costumbre de regresar con la pelota de tennis entre los
dientes. Se sucederán los días, obsesivos, repetitivos, circulares. Es tan largo el amor y tan corto el
olvido, dirá Marissa una tarde de junio cinco años
después de la primera vez, ansiosa, nostálgica, esperando todavía en el parque el regreso de Blackie
con algo diferente en la boca, acaso el lápiz labial
que uno de sus novios había sacado de su cartera y
no quiso devolverle, acaso, al menos, la moraleja
de la historia.

La puerta cerrada

a León

Acabamos de enterrar a papá. Fue una ceremonia majestuosa; bajo un cielo azul salpicado de hilos de plata, en la calurosa tarde de este verano agobiador, el cura ofició una misa conmovedora frente al lujoso ataúd de caoba y, mientras nos refrescaba a todos con agua bendita, nos convenció una vez más de que la verdadera vida recién comienza después de ésta. Personalidades del lugar dejaron guirnaldas de flores frescas a los pies del ataúd y, secándose el rostro con pañuelos perfumados, pronunciaron aburridores discursos, destacando lo bueno y desprendido que había sido papá con los vecinos, el ejemplo de amor y abnegación que había sido para su esposa y sus hijos, las incontables cosas que había hecho por el desarrollo del pueblo. Una banda tocó *La media vuelta,* el bolero favorito de papá. *Te vas porque yo quiero que te vayas, a la hora que yo quiera te detengo, yo sé que mi cariño te hace falta, porque quieras o no yo soy tu dueño.* Mamá lloraba, los hermanos de papá lloraban. Sólo mi hermana no lloraba. Tenía un jazmín en la mano y lo olía con aire ausente. Con su vestido negro de una pieza y la larga cabellera castaña recogida en un moño, era la sobriedad encarnada.

Pero ayer por la mañana María tenía un aspecto muy diferente. Yo la vi, por la puerta entreabierta de su cuarto, empuñar el cuchillo para destazar cerdos con la mano que ahora oprime un jazmín, e incrustarlo con saña en el estómago de papá, una y otra vez, hasta que sus entrañas comenzaron a salírsele y él se desplomó al suelo. Luego, María dio unos pasos como sonámbula, se dirigió a tientas a la cama, se echó en ella y, todavía con el cuchillo en la mano, lloró como lo hacen los niños, con tanta angustia y desesperación que uno cree que acaban de ver un fantasma. Ésa fue la única vez que la he visto llorar. Me acerqué a ella, la consolé diciéndole que no se preocupara, que yo estaría allí para protegerla. Le quité el cuchillo y fui a tirarlo al río.

María mató a papá porque él jamás respetó la puerta cerrada. Él ingresaba al cuarto de ella cuando mamá iba al mercado por la mañana, o a veces, en las tardes, cuando mamá iba a visitar unas amigas, o, en las noches, después de asegurarse de que mamá estaba profundamente dormida. Desde mi cuarto, yo los oía. Oía que ella le decía que la puerta de su cuarto estaba cerrada para él, que le pesaría si él continuaba sin respetar esa decisión. Así sucedió lo que sucedió. María, poco a poco, se fue armando de valor, hasta que, un día, el cuchillo para destazar cerdos se convirtió en la única opción.

Éste es un pueblo chico, y aquí todo, tarde o temprano, se sabe. Acaso todos, en el cementerio, ya sabían lo que yo sé, pero acaso, por esas formas extrañas pero obligadas que tenemos de comportarnos en sociedad, debían actuar como si no lo supieran. Acaso mamá, mientras lloraba, se sentía al fin liberada de un peso enorme, y los personajes importantes, mientras elogiaban al hombre que fue mi padre, se sentían aliviados de tenerlo al fin a un metro bajo tierra, y el cura, mientras prometía el cielo, pensaba en el infierno para esa frágil carne en el ataúd de caoba.

Acaso todos los habitantes del pueblo sepan lo que yo sé, o más, o menos. Acaso. Pero no podré saberlo con seguridad mientras no hablen. Y lo más probable es que lo hagan sólo después de que a algún borracho se le ocurra abrir la boca. Alguien será el primero en hablar, pero ése no seré yo, porque no quiero revelar lo que sé. No quiero que María, de regreso a casa con mamá y conmigo, mordiendo el jazmín y con la frente húmeda por el calor de este verano que no nos da sosiego, decida, como lo hizo antes con papá, cerrarme la puerta de su cuarto.

Romeo y Julieta

En un claro del bosque, una tarde de sol asediado por nubes estiradas y movedizas, la niña rubia de largas trenzas agarra el cuchillo con firmeza y el niño de ojos grandes y delicadas manos contiene la respiración.

—Lo haré yo primero —dice ella, acercando el acero afilado a las venas de su muñeca derecha—. Lo haré porque te amo y por ti soy capaz de dar todo, hasta mi vida misma. Lo haremos porque no hay, ni habrá, amor que se compare al nuestro.

El niño lagrimea, alza el brazo izquierdo.

—No lo hagas todavía, Ale... Lo haré yo primero. Soy un hombre, debo dar el ejemplo.

—Ése es el Gabriel que yo conocí y aprendí a amar. Toma. ¿Por qué lo harás?

—Porque te amo como nunca creí que podía amar. Porque no hay más que yo pueda darte que mi vida misma.

Gabriel empuña el cuchillo, lo acerca a las venas de su muñeca derecha. Vacila, las negras pupilas dilatadas. Alejandra se inclina sobre él, le da un apasionado beso en la boca.

—Te amo mucho, no sabes cuánto.

—Yo también te amo mucho, no sabes cuánto.

—¿Ahora sí, mi Romeo?

—Ahora sí, mi Julia.

—Julieta.

—Mi Julieta.

Gabriel mira el cuchillo, toma aire, se seca las lágrimas, y luego hace un movimiento rápido con el brazo izquierdo y la hoja acerada encuentra las venas. La sangre comienza a manar con furia. Gabriel se sorprende, nunca había visto un líquido tan rojo. Siente el dolor, deja caer el cuchillo y se reclina en el suelo de tierra: el sol le da en los ojos. Alejandra se echa sobre él, le lame la sangre, lo besa.

—Ah, Gabriel, cómo te amo.

—Ahora te toca a ti —dice él, balbuceante, sintiendo que cada vez le es más difícil respirar.

—Sí. Ahora me toca —dice ella, incorporándose.

—¿Me... me amas?

—Muchísimo.

Alejandra se da la vuelta y se dirige hacia su casa, pensando en la tarea de literatura que tiene que entregar al día siguiente. Detrás suyo, incontenible, avanza el charco rojo.

Ritual del atardecer

Acabo de ver a mi hija Duanne haciendo el amor con su amante. Hace mucho que descubrí su secreto: hacer de su cuarto un territorio de furtivos encuentros al atardecer, aprovechándose de nuestra ausencia. Lo descubrí por casualidad: había vuelto a casa porque había olvidado mis lentes cuando escuché ruidos inconfundibles —para mí. Caminé de puntillas hacia el baño que olía a violetas en alcohol al lado de su cuarto, y a través de una hendija detrás del espejo los observé, dos cuerpos en rítmica armonía sobre las arrugadas sábanas grises, la almohada de plumas de pato tirada en el suelo. Mi primer impulso fue armar un escándalo, echarlos de la casa a patadas. Pero las palabras no pudieron ser pronunciadas, y me quedé mirándolos hipnotizado, con horror y fascinación. Como hace cinco años, la primera vez que vi a Duanne a través de la hendija creada para satisfacer la curiosidad que provocaba, a través de insinuantes vestidos y shorts, la transformación de una niña en mujer.

Después se me hizo costumbre: volver a casa de tarde en tarde, esperar en la esquina hasta la llegada del muchacho de turno, darles tiempo para el descontrol, entrar por el jardín y la puerta de atrás, dirigirme al baño y observarlos con ansia desde la hendija, luego escabullirme en el momento en que ambos, tirados en la cama, miraban hacia el techo y trataban de prolongar por algunos minutos los efectos de la reciente explosión de placer. Un ritual que dura ya dos años y que sorprende precisamente por su larga duración: da qué pensar que Duanne en tanto tiempo no haya descubierto esta hendija, no haya escuchado alguna vez mis pasos, o el agitado ruido de mi respiración en la tensa espera. Acaso ya descubrió algo hace rato, y hace las cosas que hace en su cuarto sabiendo que hay alguien en la casa que la está observando. Uno es el último en enterarse de que en cuestiones de la vida los hijos saben más que nosotros. Apenas empezamos el viaje, ellos ya están de vuelta.

Esta historia debería tener un final feliz. Pero no, aquí estoy, encerrado en este baño que huele a violetas en alcohol, detrás de una pared que no sabe contener el ruido de gozosos jadeos, incapaz de ir más allá de esta mirada que sufre y disfruta. Aunque, quién sabe; he notado entre los últimos visitantes al cuarto de mi hija y yo una inquietante, conmovedora similitud: los mismos pómulos de trazos duros, la misma pronunciada y firme quijada, las mismas tenues líneas de las costillas en la carne fibrosa. Acaso ella busca en ellos lo que yo no le doy. Acaso ella encuentre pronto en mí lo que ellos le dan.

Fotografías en
el fin de semana

Enrique, mi ex esposo, vino a visitarme el pasado fin de semana. Siempre había querido conocer Berkeley, decía, y ahora que se encontraba tan cerca, en San José, en un cursillo de actualización para programadores de computadoras, no podía dejar pasar la oportunidad. Llegó delgado y sonriente, con un pequeño maletín en la mano y una cámara fotográfica último modelo al cuello. Era una reluciente *Cannon* negra provista de un largo teleobjetivo: una máquina que intimidaba por la sofisticación y el poder de su tecnología, que prometía develar los rostros del mundo inaccesibles a nuestra simple vista.

Enrique, sin una sola pregunta acerca de mis estudios o mi nueva vida, y mucho menos un comentario acerca de mi nuevo corte de pelo, me pidió que lo llevara a los lugares que habían hecho legendaria a Berkeley: quería, más que conocerlos en persona, fotografiarlos para luego poder decir que los había conocido en persona. Y en la tarde de un sábado de fría brisa proveniente de la bahía de San Francisco, debí llevarlo por Telegraph Street y People's Park y Cody's Books y el campus de la universidad y Sproul Hall y la Campanile y el lugar donde se había originado el Free Speech

Movement. Enrique, casi sin dirigirme la palabra, concentrado en su arte, sacó con entusiasmo maniático fotos de edificios y cafés y *hippies* y *punks* y *deadheads* y vagabundos tirados en las calles de la ciudad. Era admirable y patético verlo en acción. Pude entender una vez más por qué me había divorciado.

Al final del recorrido, me preguntó si se olvidaba de fotografiar algo. Le dije que sí, que acaso hubiera sido un gesto más original no sacar ninguna de las fotos que había sacado, y dedicarse a fotografiar a todos aquellos edificios y calles y esquinas que no habían hecho legendaria a Berkeley. El verdadero universo de la ciudad, la anónima y fascinante topografía que permitía y sobre la que descansaba la existencia de algunos ya muy obvios símbolos de postal. La esquina de College y Alcatraz, por ejemplo, con una licorería y un restaurant y una pastelería que de tan prosaicos alcanzaban lo sublime; un semáforo que no funcionaba, en la acera periódicos tirados en el suelo y repetitivos buzones azules del correo, en las paredes *posters* de colores chillones anunciando a Ziggy Marley y a la última de Oliver Stone. Le dije que el verdadero desafío consistía en visitar Nueva York y no sacar fotos de la estatua de la Libertad, ir a París e ignorar a la torre Eiffel, en la ciudad de México recorrer el Zócalo sin una cámara fotográfica a la mano.

Enrique me escuchó y sonrió. Me palmeó la espalda y me hizo un guiño travieso, cómplice, como diciéndome que había entendido la broma.

Después nos fuimos a tomar un café. La fría brisa se había transformado en viento gélido.

Antes de despedirse me sacó una foto y me dijo que me la enviaría apenas la revelara. Le dije que le quedaría muy agradecida. Después se fue.

En el corazón de las palabras

Colin abrió los ojos y vio a su esposa apuntándole a la sien izquierda con un revólver de cachas nacaradas, el rostro tenso, los ojos rojos. No tardó en descubrir lo que sucedía: anoche había llegado a casa borracho, y se había dormido desnudo olvidando los excesos de María José en su cuerpo, qué inconsciente María José, le había dicho que fuera cuidadosa pero nada, ella no entendía el placer sin rasguños ni mordiscos, el placer debía dejar duraderas marcas en el cuerpo para ser placer. Qué inconsciente ella, o acaso muy consciente, acaso lo que quería era precisamente esto, la madrugada sorprendiendo a Cleyenne con el inevitable descubrimiento, con algo que ella no podría negar, debía perderlo a Colin para que María José lo ganara. Y él tampoco muy consciente, o acaso sí, no había hecho mucho por detenerla, había dejado que ella prosiguiera con la escritura en su temblorosa piel morena.

¿Y ahora qué? Te amo mucho, le decía siempre Cleyenne mordiéndose los labios y con abrumadora seriedad, *te amo tanto que te mataría si me engañaras.* Cleyenne tan apegada a lo literal, tan ajena a lo figurado, a los ambiguos placeres de la retórica del amor: había que creerle por más que la frase en sí fuera digna de risa y uno pudiera quejarse, con muchísima razón, de su excesiva falta de originalidad (había que creerle, aunque qué diferente habría sido todo si la frase hubiera sido *te amo tanto que me pegaría un tiro si me engañaras*). Sí, cariño, no te preocupes, te seré fiel hasta la muerte. ¿Hasta qué muerte? Una frase extraída del diccionario de ideas comunes del amor, algo que, debía ser obvio hasta para un adolescente, no había que tomárselo literalmente... Colin intentó adivinar el cuerpo de Cleyenne tras el camisón morado, la mano derecha que sostenía con firmeza el revólver, y concluyó que el principal problema entre ella y él era uno de lenguaje. En vista de que jamás habían llegado a entenderse sólo a través de miradas y gestos, como algunas parejas afirmaban que lo hacían después de años de convivencia, y de que no tenían otro lenguaje que el de las palabras para comunicarse, se trataba en realidad de un problema muy serio.

—Discúlpame —dijo él, el tono convincente—. Te amo mucho, Cley. Daría mi vida por ti.

—Yo también te amo —susurró ella—. Más de lo que te imaginas.

Luego, disparó.

Continuidad de los parques

El mayordomo salió del cine pensando en lo que acababa de ver. Le había parecido interesante, al principio, la mezcla de realidad y ficción que ocurría entre los personajes de la película y los de las novelas que leían, pero se fue cansando de ella a medida que la confusión tornaba imposible determinar a ciencia cierta dónde terminaba la «realidad» y comenzaba la «ficción». Mientras volvía en tren a la finca, leyendo distraído una novela gráfica —una adaptación de Simenon— en un compartimiento que olía a madera quemada, encendió un habano robado al patrón y pensó que era un realista acabado, que los artificios de la ficción dentro de la ficción lo entretenían por un rato, pero a la larga lo aburrían. Sin embargo, se había quedado pensando en el argumento de la película, pues encontraba en él ciertos parecidos con la vida real. Era cierto que hacía un par de meses que la esposa del patrón actuaba de manera muy rara, como si estuviera ocultando algo. ¿No sería posible que ella, como en la película, tuviera un amante, y que entre ambos estuvieran conspirando para acabar con la vida del patrón? Entonces recordó que la escena final, la muerte del patrón a manos del amante, ocurría precisamente en un crepúsculo como ése, en la soledad de la finca aprovechando una tarde libre del mayordomo. Sí, eso era. Dejó el libro a un lado. Debía hacer algo para salvar la vida del patrón. Pero, ¿qué? Se hallaba atrapado en la desesperante lentitud del tren. Miró hacia el paisaje a través de las ventanas salpicadas de polvo, exhalando una larga bocanada. Vio al patrón recostado en un sillón de terciopelo verde, leyendo una novela que él le había regalado una semana atrás, en su cumpleaños. Era la historia de un mayordomo que salvaba la vida de su patrón al contarle, en la página 127, que su esposa y su amante planeaban asesinarlo al final de una tarde como ésa. Tal vez, al llegar a la página 127, el patrón descubriría que había demasiadas continuidades entre la ficción y la realidad, sospecharía que acaso ambas eran lo mismo, y se levantaría del sillón a tiempo, para que el puñal que cruzaba el aire en ese instante no encontrara su cuerpo y se hundiera en el verde terciopelo.

Cuando llegó a la finca, el mayordomo se dirigió corriendo hacia el estudio que miraba al parque de los robles. Desde la sangre galopando en sus oídos le llegaba una voz urgente: primero una sala azul, después una galería, una escalera alfombrada. En lo alto, dos puertas. Nadie en la primera habitación, nadie en la segunda. La puerta del salón, y entonces el patrón muerto, el cuerpo hundido en el alto respaldo del sillón, ningún libro a la vista, el Correcaminos en la televisión encendida.

El museo de la ciudad

A Juan González, minucioso lector

Vivo en una ciudad con mucha historia. Cerca a la laguna del Solar está la tumba de Túpac Apaza, el lider indígena que en el siglo XVIII se enfrentó, con un reducido grupo de insurrectos, a las tropas del Imperio. Hacia el sur se encuentran los campos de Torotoro, donde las huestes patriotas triunfaron en una decisiva batalla frente a las españolas, durante los días gloriosos de la guerra independentista. Por la plaza de los Eucaliptos, en el centro, se encuentra el lugar donde el dictador Morales fue acribillado a balazos por un miembro de su escolta, mientras en los altavoces se oía la marcha nupcial de Chopin. Y en el barrio de Aranjuez está la casona de tejas rojizas y palomar, donde un octubre a fines del siglo anterior nació Isaac Arancibia, nacionalizador de minas y del petróleo. Prácticamente no hay calle que no conmemore algún hecho más o menos importante de nuestra historia.

Por supuesto, hay hechos más significativos que otros. Pero, quizá debido a que ésta es una ciudad muy chica y es necesario contentar a todos para así evitar convertirnos en un infierno grande, o quizás porque en los tiempos que corren hemos perdido la perspectiva histórica y ya no sabemos cómo diferenciar la paja del grano, en los últimos años hemos asistido a una proliferación de plaquetas y bustos en plazas, y casas convertidas en patrimonio regional o nacional. Es comprensible que en el barrio de la Glorieta se haya erigido una estatua de seis metros en honor a Juana Arze, una preclara guerrillera de la independencia nacional, o que la casa del poeta decimonónico Diómedes de Arteaga esté ahora abierta al público, para que todos podamos apreciar el azul gabinete de trabajo donde se inyectaba morfina antes de iniciar cualquiera de sus composiciones decadentistas, pero ya no lo es tanto que haya que cerrar una cuadra en el barrio Norte para convertirla en zona peatonal en homenaje a Pedro Quispe, marchista que ocupó el vigésimo segundo lugar en las Olimpiadas de Barcelona, apenas cinco años atrás. O que, debido a la influencia del senador Galindo, se esté construyendo, cerca de la Avenida del Ejército, un retorcido monumento onda expresionismo abstracto para conmemorar el fugaz paso de su padre por el Ministerio de Transportes, trece días en la década del 60. Y qué decir de las diarias peregrinaciones al orfanato donde se crió Angélica Loza, actriz de reparto que acaba de aparecer durante tres segundos, esperando un taxi un lluvioso domingo en Manhattan, en la última película de Arnold Schwarzenegger. Uno de estos días tendremos que cerrar nuestro Museo Municipal, porque ya no lo necesitaremos: poco a poco, toda la ciudad se está convirtiendo en un confuso museo.

Dicen que la Junta de Notables prepara un decreto en contra de esta abusiva proliferación. Mientras lo hace, he decidido poner por mi cuenta una plaqueta en la puerta de mi casa, que dice: *Aquí nació en 1967 Ruy Díaz, terco enamorado desde los quince años y para siempre de Fiona, una felliniana mujer que es su vecina y lo ignora debido a que, dice, está tan perdida de amor por su esposo como cuando lo conoció, un verano del que, por suerte, Ruy no tiene memoria.*

Imágenes photoshop

Víctor nunca recordó con nostalgia su infancia en aquel pueblo árido, de calles estrechas y parques sin gracia y cielo plomizo. Por eso, apenas aprendió a usar Photoshop, retocó sus fotos, ensanchó sus calles, añadió una Torre Eiffel a la desvalida plaza principal, renovó los cielos con un azul sobresaturado.

Tampoco tuvo un interés particular en sus compañeros de curso, a quienes consideraba torpes, bulliciosos, de rostros y cuerpos para el olvido. Uno por uno, alteró sus caras en su Macintosh, de modo que al final no se asemejaban en nada a sí mismos. Uno de sus compañeros parecía ahora un mellizo de Michel Platini, su jugador favorito. Otro era igual a Richard Gere, su actor preferido. Cuando le hacían notar las similitudes, él sonreía.

Nunca se llevó bien con sus padres, de quienes había heredado su fealdad, y los cambió por seres similares a Robert Mitchum y a Gene Tierney. Hizo desaparecer a sus tres hermanos de todas las fotos, y se quedó de único hijo. Una vez que comenzó, le fue fácil seguir. Retocó su propio rostro surcado de arrugas antes de tiempo, la papada abusiva y la prematura calvicie, y se prestó los ojos de Alain Delon cuando era joven, y el resto del rostro y del cuerpo de Antonio Banderas. A su gorda esposa, a quien quería cada vez menos a medida que ella pasaba de la juventud a la madurez y se afeaba, la transformó en una Cameron Díaz pelirroja. A su hija, patéticamente parecida a su madre, en una aprendiz de Valeria Mazza. Mostraba con orgullo las fotos en su billetera. Cuando alguien que las llegaba a conocer en persona le hacía notar la diferencia, él decía, con solemne convicción, que ellas eran muy fotogénicas.

Cuando su esposa se enteró que él la había borrado de sus fotos, rompió con rabia las fotos que guardaba de él, en las que se hallaba sospechosamente parecido a un maduro Ricky Martin. Cuando su hija lo supo, se dijo que debía combatir la ofensa con una ofensa mayor. ¿Cómo hacerlo? Encendió la computadora y buscó en los archivos las fotos de su padre. Se le ocurrió borrar con furia ese rostro que era la sumatoria de los de Brad Pitt y Batistuta. En su lugar, colocó un intocado retrato de su padre, calvo y mofletudo, feo y avejentado, cruel víctima del tiempo antes de tiempo.

La ciudad de las maquetas

Lo primero que verá Gustavo al llegar a Piedras Blancas, desde la ventanilla de la avioneta, es el pequeño y derruido galpón que hace las veces de terminal de aeropuerto. Con las paredes agrietadas y de color terroso, el galpón alberga una sala sin aire acondicionado, donde se hacinan los pasajeros que arriban y los que están a punto de irse y los que se encuentran en tránsito.

Gustavo entra a la sala por una puerta estrecha, se hace sellar su pasaporte, camina por un pegajoso piso de mosaicos sucios y se pregunta por los azares del destino que han conjurado para traerlo a este olvidado lugar del mundo, mientras por los altoparlantes voces ininteligibles anuncian llegadas y salidas y vendedores ambulantes ofrecen revistas y mendigos piden limosnas y las moscas se agolpan sobre las maletas. Gustavo ha venido aquí porque un amigo le aseguró que en Piedras Blancas, «ciudad a la vanguardia de la arquitectura contemporánea», encontraría excelentes ideas para renovar su casa, heredada de sus abuelos y preservada desde entonces como se la recibió, a manera de homenaje a su memoria. Ahora quiere renovarla para sorprender a su esposa, que todos los días se queja del estado poco moderno de la sala y el living, del aire a museo que se respira en las habitaciones del segundo piso, de la glorieta trasquilada en el jardín. Quizás la renovación de la casa logrará el milagro de la renovación del amor, que se ha ido quedando tal como se fue quedando la casa, destrozado por la velocidad de las cosas.

Gustavo camina por ese lugar oscuro, pecera con el agua muy turbia, y piensa que su amigo le hizo una broma de muy mal gusto. De pronto se topa, en el centro de la sala, con una maqueta de venesta y plastoformo del futuro aeropuerto de la ciudad. Es un aeropuerto ultramoderno, de varios pisos con vidrios espejados, de escaleras metálicas y piso alfombrado y reflectores que iluminan con potencia su perímetro y crean en la noche un día artificial: el ambicioso sueño de los habitantes de Piedras Blancas. A un costado hay un recipiente de latón en el que se piden contribuciones para hacer realidad este proyecto. Gustavo deposita unas monedas, y se aleja turbado, pensando en la maqueta incongruente, demasiado sofisticada y pretenciosa para ciudad tan desangelada.

Ése es tan sólo el comienzo. En los días siguientes, Gustavo encontrará, a la entrada del decrépito hospital de la ciudad, una maqueta esplendorosa que promete un hospital a la altura de las grandes capitales del mundo (depositar unas monedas), y en el hall principal de la Prefectura, cuyos cimientos apenas resisten el ir y venir del obeso Prefecto, una faraónica maqueta del futuro edificio de la Prefectura, tan extenso que para construirlo habría que desalojar dos manzanos. Hay una maqueta de la Catedral, que plagia orgullosamente a la Sagrada Familia de Gaudi, y una de la Alcaldía, y otras del Teatro Municipal y de la Federación de Fútbol y del Estadio y del edificio de Telecomunicaciones y del Correo y del Liceo de Señoritas Salustiano Carrasco. Cuando Gustavo vaya a almorzar a la deslavada casa de un lejano pariente (dos habitaciones en un conventillo), y descubra en el living una maqueta de la futura casa (tres pisos, jardín y piscina), concluirá que no hay en Piedras Blancas edificación alguna que carezca de maqueta. En la plaza principal, al lado del busto de un decimonónico Libertador, se encuentra incluso la minuciosa maqueta de la futura ciudad (teleféricos y centros comerciales subterráneos).

Gustavo pensará que, si las maquetas fueran más modestas, habría más posibilidades de que se tornaran realidad. Luego, cuando se entere que en la Facultad de Arquitectura hace mucho que se ha dejado de enseñar a los estudiantes el arte de construir casas y edificios, y que ahora se enseña el arte de construir maquetas, concluirá que los habitantes de Piedras Blancas no están interesados en tornar realidad sus sueños de venesta y plastoformo, acaso porque saben que no pueden, acaso porque no quieren. El sueño ha adquirido su propia dinámica, y ahora, por sí solo, es para ellos más que suficiente.

En la avioneta de regreso, Gustavo mirará Piedras Bancas por última vez, y comenzará a diseñar en su mente, extasiado, la espectacular e imposible maqueta de su futura casa, esperando que logre la renovación del amor con su esposa. O quizá, quién sabe, la renovación sea, como la maqueta, un modelo en miniatura, un proyecto de realidad que jamás abandonará esa condición.

Epitafios

a Isidra

No debiste hacerlo, Rosa: la traición de amor es muerte de vida... Pero para que se entienda esa frase deberé primero contar una historia, ahora que todavía quedan palabras. A los dieciocho años quise suicidarme, y ella, el cabello rizado y la cara alargada, a la Modigliani, no me creyó: me pensó un romántico a destiempo, dijo que ya nadie moría de amor en esta era sin gracia. Mejor dedícate a la poesía como todos en tu familia, me dijo con su habitual sarcasmo, así de por ahí te sirve de algo tu desengaño. Pero en el fondo ella esperaba mi suicidio: qué mejor honor, qué mejor anécdota para contar a las amigas, mi primer amor se mató cuando lo dejé... Y cuando al fin le dije que no lo haría debido a la tradición de epitafios creativos en mi familia, fingió alegría aunque se sintió burlada, pensó que mi razón era la tonta excusa de alguien que de pronto había madurado y se había dado cuenta que de todo valía la pena morir en esta vida, menos de amor. Y yo no dije nada.

Ahora, nueve años después, por fin puedo decir algo. La tradición es la tradición. Y ésta se inició en 1679, cuando uno de mis antepasados, un muy laureado poeta a quien parecía no importarle otra cosa que la poesía y la lectura de los clásicos, le dijo a su esposa que quería en su tumba la siguiente inscripción:

Ovejas en campos verdes pacen
yo desde el azul rebaños cuento.

Cuando murió, su hermano menor, quien también era su principal rival en los certámenes poéticos de la época, no pudo menos que admirar aquellos versos y, dispuesto a no quedarse atrás, escribió en su testamento que quería estas palabras en su epitafio:

Oscurecer podrá mis ojos la luz del día
mas mi canto permanece y dura.

A partir de ahí, los descendientes de estos hermanos se enfrascaron en una dura y sutil lucha por, a la vez, mantener el nivel de excelencia alcanzado por la familia en la creación de epitafios, y superar a los demás parientes con un epitafio contundente, magnífico en su hermosura.

Desde chico oí historias acerca del deslumbrante talento poético que corría en la sangre de la familia, y de cómo muchos antepasados prefirieron renunciar a la búsqueda de la fama literaria a través de la publicación de pulcros y predecibles libros de poemas, para concentrar toda su energía en encontrar la inscripción que, desde la tumba, justificaría su vida con creces. Estas palabras, por ejemplo, justifican a mi tatarabuelo Esteban, muerto hacia 1899:

Hay un sepulcro y una estatua en el centro del
jardín de oro
Yo estoy en el centro del jardín
oro convertido en polvo

Mi tía abuela María Lilia deja estos versos en 1929:

¡Ser! ¡Vida! ¡Plenitud!
Esas palabras, me temo,
no son lo que yo ya soy

Y mi padre, quince años atrás.

Con tu puedo y con mi quiero, ¿somos mucho
más que dos?
Ahora somos mucho más que dos, compañero,
somos nada que divaga en infinito.

¡Cómo no sentirse pequeño ante tanto talento! ¡Y cómo no sentir la tremenda responsabilidad de mantener la tradición familiar en pie! Nadie quiere pasar a la posteridad como aquel que quebró una gloriosa continuidad de más de tres siglos... Hace nueve años, no era simplemente cuestión de suicidarse. Había que encontrar primero las palabras que permitirían una salida honorable. Por eso este largo silencio. Tiempo de continua búsqueda, tiempo angustioso debido al hecho ineludible de mi nulo talento poético: de mi familia he heredado muchas cosas, no lo que debía.

Han transcurrido nueve años. Por fin he encontrado una frase que, si no excelsa, al menos logrará salvar mi honra. Por fin puedo morir de amor por ti, Rosa.

Cartografías

Francisco mira su reloj con impaciencia: pronto serán las seis de la tarde, hora de dejar los edificios de la Corporación y de encontrarse con su esposa. La imagen radiante de Liliana esperándolo sentada en el interior del Toyota Corolla 94, un cigarrillo en la boca y la radio encendida —jazz, siempre jazz—, es lo único que lo sostiene durante esas últimas horas de trabajo en la oficina, rutinarias excursiones en la pantalla de una computadora que alguna vez prometió una irrestricta libertad pero ahora no es más que una sofisticada máscara de la nada —íconos a colores, *e-mail* que se acumula, *files* que proliferan, el flujo visual e informativo de *cyberspace* que se convierte pronto en vómito, *where would you like to go today?* Por suerte, a las seis, vendrá la verdadera libertad, breve y quizá ilusoria pero al menos verdadera.

Sus compañeros, con camisas blancas y corbatas de diseños búlgaros y pantalones kaki en sus cubículos de paredes de color metálico, las mujeres con faldas plisadas, azules, miran a las computadoras enfrente suyo con aire de seducción en la noche del sábado, les sonríen, las acarician, les hacen bromas pesadas, les piden disculpas después de una mala palabra. *We sing the body electric,* proclama el slogan de la Corporación, y aquí están, piensa Francisco, los monjes del coro, recluidos en la versión moderna del monasterio medieval. Ellos no quisieran irse a sus casas. ¿Para qué? Más valen cien virtualidades volando que una realidad a mano. Todavía no han descubierto el tupido velo de la fulgurante pantalla, el pozo ciego detrás ella. ¿Cómo culparlos? No era nada fácil. No todos tenían cerca a alguien como Liliana, la cabellera pelirroja enmarcando una cara de líneas sólidas y rectas —la geometría de la belleza—, el espíritu juguetón capaz de animarse a cruzar todos los puentes, a franquear todas las puertas.

A las seis, Francisco sale a paso rápido del edificio de vidrios espejados. Recién ahora comienza el juego para él. Había sido idea de Liliana, una vez que un policía le puso una multa fuerte por estacionar en doble fila a las puertas de columnas dóricas de la Corporación. Los ejecutivos tenían un lugar de estacionamiento propio, pero, para los demás empleados, había pocos espacios disponibles, lo que producía embotellamientos de escándalo a los alrededores de los edificios de la compañía. Se sabía de gente que, para ganar un lugar, iba al trabajo con dos o tres horas de anticipación. Pero Francisco no podía ir al trabajo en auto, Liliana lo necesitaba para ir al colegio donde enseñaba francés. Francisco sugirió irse en bus. Liliana se negó enfáticamente y sugirió, más bien, un juego: ella llegaría una hora antes de las seis, daría vueltas alrededor de los edificios hasta encontrar un lugar disponible y, si no lo encontraba, continuaría manejando, moviéndose de un lado a otro para evitar la ira policial.

—¿Cuál es el juego? —había preguntado, ingenuo, Francisco.

—Encontrarme —había dicho ella, con una sonrisa perversa.

Y ahí va Francisco, caminando de un lado a otro en busca de Liliana. Cuando cree divisar la silueta de un Corolla, corre sin descanso hasta descubrir, con el aliento perdido, que estaba equivocado. Sube y baja colinas con olor a manzanos en flor, pasa por calles adoquinadas y avenidas de farolas en formación militar, va encontrando, entre la angustia y el éxtasis, el convento de las Hermanas de los Pies Descalzos, el parque de las Acacias Temblorosas, barrios góticos y victorianos y urbanizaciones de casas con electricidad solar (dicen que la Corporación es siempre más extensa hoy que ayer, que poco a poco va devorando a la ciudad, que pronto la Corporación será la Ciudad). A veces se mete en callejuelas oscuras donde, malicias del azar —o travesuras de Liliana—, lo esperan, uno detrás de otro, Corollas dorados a ambos lados. A veces el auto está pintado de otro color, y Francisco debe extremar recursos para descubrirlo. A veces, como ese día, llega hasta su casa extenuado después de dos horas de búsqueda, para descubrir al Toyota en el garaje y a Liliana con el asiento reclinado en su interior, esperándolo vestida apenas con ropa interior turquesa (su color favorito), los ojos verdes parpadeantes e iluminados. Se saca por fin la corbata y se desnuda y Liliana lo acaricia y hacen el amor en el auto, un CD de Coltrane de fondo. *We sing the body electric,* dice Liliana, y ambos ríen con una carcajada violenta.

Luego ella le dice que en el colegio están pensando eliminar la enseñanza del francés. Es la nueva moda, dice. Ya a nadie le interesa.

—¿No te preocupa?

—De nada sirve —dice ella, moviendo la cabeza—. Algo aparecerá.

Francisco dibuja en el parabrisas empañado la cartografía de los lugares donde se ha encontrado con Liliana: el mapa es una incoherente, proliferante trabazón de líneas. ¿Pueden esas líneas continuar de manera infinita, como en *cyberspace?*

Un rayo de intuición lo sacude: algún día todo esto acabará. Algún día Liliana no estará esperándolo: de otro modo, ella no sería ella. Algún día ella se pasará al otro bando, será contratada por la Corporación: ése era el destino eventual de todos los habitantes de la ciudad. El juego ha terminado, el sabor agridulce ha dejado paso al miedo y la amargura.

—¿En qué piensas?

—En que mañana tengo que levantarme a las seis y media.

—El día pasará rápido —susurra Liliana, dándole un beso tierno en los labios—. Te lo prometo.

Francisco abraza su cuerpo desnudo como si fuera una boya, se pierde entre sus senos como un niño con su madre.

El rompecabezas

A mi hermano Marcelo

Raúl estaba deprimido porque su novia lo había dejado. Julia se había cansado de que él no tuviera jamás un peso en el bolsillo, de que siguiera persistiendo en su intento de convertirse en un escritor a pesar de que así nadie, salvo contadas excepciones, se ganaba la vida. Para que pensara en otra cosa, se me ocurrió regalarle un rompecabezas. Armarlos era el pasatiempo favorito de su infancia, una de esas diversiones que hacemos a un lado no porque ya no fascinen con su magia, sino porque creemos, de manera equivocada, que el paso de una etapa a otra de la vida conlleva desprenderse de ciertos símbolos muy representativos del período que dejamos atrás. Cuando imaginaba a mi hermano mayor, lo veía a los pies de la cama doble en el cuarto que compartíamos, sobre el cobertor con dibujos de Walt Disney —Rico McPato contando su dinero y el ratón Mickey en un trineo—, concentrado en la búsqueda de la pieza que le faltaba para armar uno de los veintitrés idénticos barcos en la bahía de Montecarlo, el azul del mar del mismo tono del azul del cielo, el blanco de las gaviotas similar al de los barcos. Una organizada cita con el ocio, pensé, una sofisticada forma de que intentara olvidar a Julia.

Compré un rompecabezas de mil piezas, industria alemana, con el paisaje montañoso y nevado de los Alpes. Raúl me agradeció el regalo, pero lo dejó sin abrir sobre su escritorio. Estuvo una semana ahí, acumulando polvo. Me dije que había fracasado en el intento, y que era mejor dejar que los temperamentos románticos encontraran por sí solos la salida del laberinto que ellos mismos creaban al enfermarse de amores en una época en que eran otras las enfermedades de moda. Sin embargo, una tarde, al volver de mi trabajo en el banco, me encontré con Raúl en el living. Había desplegado las fichas del rompecabezas sobre la mesa, y, bajo la luz mortecina de la araña de cristal, armaba una esquina del paisaje de los Alpes. Me acerqué, puse dos fichas en su lugar, y luego subí a mi cuarto, tarareando una canción de los Beatles.

Los días pasaron. Yo tenía problemas en el trabajo, y entré en ese vertiginoso mundo de llamadas a cualquier hora del día y oficinas que uno no puede abandonar hasta la madrugada. Una mañana, mamá se me acercó y me pidió que la ayudara a convencer a Raúl a que abandonara el living. Tenía una recepción el viernes, veinte invitados, necesitaba la mesa donde estaba instalado el rompecabezas. Me había olvidado de mi hermano, pero me preparé a oficiar de intermediario una vez más; mis papás, los amigos y las novias de Raúl siempre me han visto como el único capaz de convencerlo de ciertas cosas que a ellos se les antoja de sentido común pero a mi hermano no. Él es muy diferente a mí, pero de algún modo lo complemento y lo comprendo. Cuando él hacía sus periódicos de niño, yo se los compraba con las monedas que había ahorrado con esfuerzo; cuando una vez, a la hora de la cena, nos dijo, solemne, que de grande quería ser escritor, les dije a mis papás que yo sería rico para poder mantener a mi hermano. No tengo mucho dinero, pero hace un año que trabajo en un banco y gano lo suficiente como para, de tiempo en tiempo, deslizar unos billetes en la vacía billetera de Raúl.

Me acerqué a la mesa del living. Raúl se había dejado crecer la barba y tenía el aire descuidado de los estudiantes de ingeniería en semana de exámenes. No había avanzado mucho con el rompecabezas.

—Los años no pasan en vano —dije—. Antes eras una luz.

—Es raro —me dijo—. A medida que avanzo, parecería que me falta más. Por cada ficha que pongo, parecería que aparecen dos más pequeñas.

—¿Las has contado?

—Son mil, tal cual. Por eso digo que parecería.

—Es una ilusión, tu forma rara de explicarte el hecho de que ya no eres tan hábil como cuando eras niño —dije, buscando provocarlo.

—No se trata de eso —me contestó—. Además, ¿estás seguro que te han dado las fichas correctas? Porque en el medio del rompecabezas, entre el paisaje montañoso, está apareciendo el rostro de una mujer. ¿Lo ves? Y eso no está en el paisaje original en la caja.

Era cierto, al centro del paisaje parecía dibujarse el contorno brumoso de un rostro ovalado de mujer, las líneas todavía incompletas de un ojo almendrado y una nariz recta emergiendo de las quietas aguas de la bahía. Sugerí que podía ser un error de imprenta, la superposición de una fotografía sobre otra. Era una sugerencia tonta: ¿cómo no se habrían dado cuenta de ello los responsables de turno de la prestigiosa firma alemana?

—Con armar el rostro me daría por satisfecho —me dijo, con una mirada que me convenció que no lo sacaría del living hasta concluir su nueva misión. Me alegré de que mi treta para que olvidara a Julia hubiera dado resultado, y me preparé para hablar con mamá y tratar de hacerle comprender de la importancia del rompecabezas en la vida de Raúl. No sería difícil, pensé: ella siempre ha tratado a Raúl como un convaleciente de una enfermedad misteriosa, un ser que habita en su propia burbuja de cristal, que respira su propio aire y que podría morir al contacto del que respiramos los demás, lleno de bacterias asesinas. Mamá quisiera tener su recepción, pero no le molestaría cancelarla si entendiera que con ello contribuiría a la salud de su hijo.

—Que por lo menos lo termine —dijo papá cuando mamá lo enteró de las razones para postergar la recepción; hacía rato que se había resignado a aceptar la inutilidad de Raúl para la vida práctica como una extravagancia del azar, que reparte esos imponderables aun entre las familias más dadas a la norma social—. Tanto tiempo perdido tiene que servir para algo.

Pasó una semana. De vez en cuando entraba al living, a ver los progresos de Raúl. Una mañana comprobé que era verdad lo que me había dicho, que a medida que iba colocando las fichas en su lugar éstas parecían multiplicarse con el desenfreno de conejos. Le sugerí contarlas cada día.

—Las cuento. Mil, siempre mil, ni una más, ni una menos.

Luego me mostró un dibujo que había hecho la noche anterior. Era un rostro ovalado de mujer: el pelo negro cortado al ras, las orejas pequeñas, la nariz recta, los ojos almendrados color café, un lunar en forma de estrella en el carnoso pómulo derecho. Lo puso al lado del rostro en el rompecabezas. Estaban el contorno ovalado, el ojo derecho almendrado y la nariz recta, pero nada más.

—Tu dibujo podría ser tanto como no ser —dije, como único comentario.

Me miró entre molesto y ofendido. Decidí dejarlo solo y me fui a mi trabajo.

Después comenzaron los rumores. Se decía que Raúl deambulaba por las calles de la ciudad, con su dibujo en la mano. Que a veces detenía a mujeres, comparaba el rostro que tenía enfrente con el del dibujo, movía la cabeza con desaliento, y continuaba su camino. No hice caso a los rumores porque los hallé tan de acuerdo con un posible comportamiento de Raúl que pensé que tanta coincidencia era imposible. Para tranquilizar a mis papás, una tarde decidí seguirlo. Comprobé que era cierto lo que se decía de él: iba por las calles como un poseído, sin importarle el tráfico, corriendo una cuadra y deteniéndose de pronto, para luego volver a correr tras una mujer que acababa de entrar a una tienda de ropa interior. Quise acercarme, pero, al final, no lo hice. Me contenté con seguirlo de lejos. Sabía lo que le pasaba, pero eso no ayudaba mucho: se había enamorado del mapa incompleto que había aparecido una tarde en el living de la casa, lo había terminado con la labor de su imaginación, y ahora, en procura de encontrar una quimera, andaba tropezando de realidad en realidad. ¿Qué decirle, después de todo? ¡Ah, Raúl! Me imagino que ése era tu destino. Los que saben de las cosas prácticas de este mundo no entienden a gente como tú, que vive en una geografía encantada donde las casas son de cartón y el dinero es polvo que se desvanece en los bolsillos.

Esto ocurrió hace mucho. Raúl jamás volvió a casa; a veces nos enteramos que alguien lo ha visto por tal calle o parque en determinada tarde. Tiene una barba de patriarca y las ropas harapientas. Mis papás no se han resignado a su desaparición, pero tampoco han querido forzarlo a volver. Se contentan, por ahora, con verlo de lejos con ojos furtivos, con saber que está vivo, y a través de amigos le envían comida y zapatos y algunos billetes. Un día nos extrañará y regresará, dice mamá; sé que lo hará. Intenté hablar con él un par de ocasiones, pero no me escuchó o fingió no hacerlo. El rompecabezas sigue, incompleto, en el living. A veces, cuando visito a mis padres en noches lluviosas y me ataca la nostalgia, me siento a armarlo.

Después de colocar dos o tres fichas en su lugar, lo dejo: no vaya a ser que me suceda lo que a mi hermano.

Segunda parte

Persistencia de la memoria

Ramiro me había llamado dos veces para pedirme que no me olvidara; en diez días —el veintiséis de diciembre— de la reunión anual del curso. Yo debía llevar algunas fotos de aquellos tiempos, más de once años atrás, en que corríamos por el patio del Don Bosco, jugábamos fútbol en la cancha de pasto, ya desaparecida, y con nuestras travesuras hacíamos que los padres salesianos reconsideraran más de una vez su vocación religiosa. Once años ya sin darme cuenta, toda una vida fuera del país, toda una vida haciendo que el tiempo cometa cosas conmigo en una geografía distinta a la que me había ofrecido el azar en el principio.

Las fotos de mi adolescencia las guardaba mi madre en un cajón de un mueble desvencijado en el departamento al que se fue a vivir después de su divorcio y de que sus cuatro hijos se marcharan de su lado, decidieran enfrentar el futuro lejos de la polvorienta ciudad, asfixiante en su rutina, poco sorpresiva aun en sus sorpresas. Eran muchas, muchísimas fotos, lo cual era esperado porque siempre tuve el defecto de creer que las cosas no suceden si uno no tiene un registro fotográfico de ellas: necesito de esos rectángulos en blanco y negro o a color para fijar lo que no se puede fijar, para detener el imparable fluir de la vida (ya no llegué a la filmadora, las cosas cambian muy rápido y uno no puede estar siempre a la moda, en algunas cosas somos actuales, en otras anacrónicos). Son las marcas en el camino, los lugares donde uno se detuvo un instante para hacer un fuego y calentar el cuerpo antes de continuar la marcha, las fluctuantes boyas de nuestros embravecidos mares propios. Tengo ese defecto, y también otro (o acaso éste sea una virtud): ir acumulando una multitud de fotos y no darme tiempo para revisarlas, para recordar a través de ellas momentos atrapados por casualidad —un partido de fútbol contra La Salle, a los doce años, el audaz salto a una fogata de San Juan a los catorce—, o porque en aquel entonces se los creyó importantes —una graduación de colegio, el quince de la hermana—. La vida no me da ocasiones para revisitar mi vida, o tal vez el nuevo ser que soy yo no está muy interesado en indagar en los rostros, gestos y circunstancias de aquellos otros seres que fui yo. Y así las fotos se quedan tal como fueron entregadas por los laboratorios fotográficos, en sobres de frágil papel con un compartimiento especial para los negativos, a veces, gran cosa, en un pequeño álbum obsequiado porque fueron dos o tres los rollos revelados, tan generosos los laboratorios.

Era una tarde de lluvia y viento y yo me encontraba en el living del departamento de mi madre, tirado sobre la alfombra y al lado del arbolito de Navidad, de parpadeantes luces de colores, revisando fotos. Tantos recuerdos, era ineludible ponerse nostálgico. La sonriente cara de Antúnez, que se la pasaba contando chistes y fumaba cigarrillos negros incluso en clase; quién lo diría, hace tres años que está en la cárcel, apresado por narcotráfico. Juanito Barahona de shorts y con la pelota entre las manos como diciendo que era suya, y sí, era suya, nadie se la podía quitar, qué gambeta que tenía; quién hubiera imaginado que terminaría sus días incendiando su casa y pegándoles un tiro a su esposa y al amante de su esposa antes de descerrajarse la tapa de los sesos, de esto hace tan sólo un año. Villalobos, una mosquita muerta y ahora todo un concejal, pidiendo prestado en los recreos para una salteña y ahora una casona detrás del Irlandés, con un inmenso jardín en el que hay hasta un pavo real, la política da para mucho. Rosales y sus dientes largos y afilados, le decíamos Drácula, era el mejor alumno del curso y no defraudó las esperanzas que mucha gente puso en él; Ramiro me contó (todas estas cosas las sé por él) que ahora es el dueño de una de las empresas de computación más importantes del país. Quién hubiera imaginado en qué se convertirían aquellos muchachos imberbes, de sonrisas fáciles y rostros aún no ultrajados por el tiempo, quién hubiera imaginado de qué manera parsimoniosa o violenta los devoraría la vida, qué fracasos o triunfos o rencores o ansiedades les pondría en las espaldas antes de dar definitivo fin con ellos.

Había escogido cuatro fotos, cuando encontré una que me llamó particularmente la atención. Era una *polaroid* sacada en una fiesta, y en ella estábamos Ramiro, Lafforet, yo y una chica

que no recordaba conocer. La chica estaba abrazada a mí, sonreía y tenía una mirada extraviada,
acaso el alcohol. Sus aretes eran grandes esferas de
cristal verde, su collar era de coloridas perlas. Su
rostro era redondo y plano, sobre su frente amplia
caían rizos de su despeinada cabellera negra; no era
un rostro interesante, y sin embargo me quedé mirando la *polaroid* y hurgando en mi memoria, en
ese inacabable territorio del que sabemos tan poco,
en esa tierra que creemos nuestra pero en realidad
es de nadie. Una mujer lejana a mí, en un pozo oscuro del cual había salido para abrazarme, un momento después del abrazo de nuevo en el pozo oscuro, sin nombre, sin señas particulares dignas del
recuerdo, sin que hubiera hecho nada que la aparta-
ra de la gigantesca masa informe de personas, frases y hechos que cada vida acumula en el olvido, o
al menos eso pensaba.

Y de pronto, Alexia. Ella era olvidable, pero el nombre no. En la tarde de lluvia y viento, las
esparcidas astillas de la memoria fueron juntándo-
se, tratando de reconstruir cierta noche más de once años atrás y de inventarla en el proceso. Había
sido en casa de Ramiro (o Lafforet), en un cumpleaños (¿o no?). Ella había coqueteado conmigo
toda la noche, y Ramiro me había puesto al tanto
de lo que necesitaba saber: un poco mayor que nosotros, una reventada, no necesitas ni hacerle el
charle, es de las que se encaman la primera noche.
Habíamos seguido intercambiando miradas, ella
tenía buen cuerpo —la cintura muy estrecha— y
yo le tenía ganas, creo que no me le acerqué porque

quería más noche, que mis amigas no nos vieran juntos. Creo después haberme acercado a ella (¿o fue Alexia la que se acercó?), creo haber bailado un par de canciones y que después de éstas ocurrió la *polaroid*, la boya que recuperaba para mí esa noche insignificante que se animó a persistir en el recuerdo, agazapada entre las sombras y anhelante durante más de once años, presta a emerger a la superficie a la menor excusa y dar el zarpazo; uno nunca sabe qué va a suceder, olvidamos los hechos que creemos inolvidables, las caras y las frases que pensamos que nunca se van a ir de nosotros, y recordamos los hechos insignificantes, los gestos de los que no nos dimos cuenta cuando sucedían. La memoria se anima a olvidar nuestros recuerdos, se anima a recordar nuestros olvidos.

Después sí, claro, cómo no, ella había ofrecido llevarme a casa en su auto, pero terminamos en un motel que hace tiempo no existe más, mi ciudad desaparece y en su lugar se erige otra que ya no es mía aunque lo parezca, son otros los moteles, son otras las heladerías y salteñerías, y la cancha de pasto en que Barahona nos gambeteaba a todos antes de incendiar su casa y pegarse un tiro tampoco está más. Y la habitación olía mal, a ambientador barato, frutilla (o quizás fue otro el olor y esto lo añado hoy), y el perfume de Alexia también era ordinario como lo eran el carmín de sus labios y su estridente carcajada. Pero sabía de polvos, y hubo dos que esa noche me atreví a pronunciar inolvidables aunque luego se escaparon de mí durante más de once años, como se escapan tantas cosas que creo inolvidables, como se me escapará la reunión de curso del veintiséis de diciembre, como se escaparán tantos hechos importantes de esta vacación —la Navidad con la familia, el año nuevo con los amigos—, aunque acaso quede el encuentro casual con Gustavo esta mañana, al salir de las Torres Sofer, Gustavo a quien jamás presté atención, amigo por pertenecer al mismo círculo social y que me habló tantas veces en tantos bares y discotecas y yo como oír llover, como oigo la lluvia en esta tarde de viento que ya no sé —ya no me animo a pronosticarlo— si se animará a quedarse o perderse en la memoria.

No hubo más. No recuerdo más detalles, por ejemplo quién pagó el motel, probablemente ella, yo no andaba con plata en la adolescencia, yo era de autos y no de moteles. Habré llegado a casa cansado, ya ella de regreso al pozo oscuro aunque quizás todavía no, yo saboreando la historia que les contaría a Ramiro y Lafforet al día siguiente, con Ramiro sería suficiente para que se enterara todo el curso, para que se enterara Antúnez, que en ese entonces fumaba pero no tenía planes de convertirse en narcotraficante, para que se enterara Villalobos que todavía no había descubierto que gracias a la política uno podía tener un pavo real en el jardín. Una anécdota más, un polvo más de adolescencia, dónde estarán aquellas mujeres con las que me inicié, dónde estarán Alexia y las otras que me prestaron sus cuerpos pero no los rasgos distintivos de una personalidad, un carácter, un alma, que me enseñaron con la piel pero no con lo que existe detrás de la piel —no era culpa de ellas, yo no buscaba nada detrás de nada—, cuando uno todavía creía que era una regla que lo superficial se olvidara y lo esencial quedara grabado para siempre en nosotros.

Esa noche hablé con Ramiro y le mostré la foto. Él tampoco recordaba aquel rostro y aquella noche, pero sí le quedaba el nombre, no había muchas Alexias en la ciudad, conocía a una que trabajaba en una perfumería en la avenida Ayacucho. Se había casado y tenía un hijo, pero las malas lenguas (en Cochabamba todas las lenguas son malas) decían que sólo se acostaba con políticos, era una mujer que ya no estaba a nuestra altura, quizás sí a la de Villalobos, el mosquita muerta que en ese entonces no agarraba ni resfriados. Tuve ganas de saber más de ella, de ver en qué era actual y en qué anacrónica, de descubrir de qué manera parsimoniosa o violenta la había devorado la vida, qué fracasos o triunfos o rencores o ansiedades le había puesto en las espaldas antes de dar definitivo fin con ella. Tuve ganas de ver en qué se habían convertido el cuerpo voluptuoso y el rostro ordinario.

A la mañana siguiente fui a la perfumería, en la avenida Ayacucho que hace once años era calle, todavía llovía pero el viento había amainado. Dos señoras se probaban *Montana* y discutían en voz alta acerca de sus méritos, cada mes se lanza un perfume nuevo, lo pasajero es más honesto que aquello que nace con afán de perdurar y de todos modos no persiste, nada persiste. Esperé que la mujer detrás del mostrador terminara de atenderlas, la mujer de aretes grandes —estalactitas de cristal verde— y una frente amplia que permitía proyectar y superponer el rostro de la *polaroid* al suyo. Un rostro más, olvidable si uno no tiene una foto en el bolsillo, aunque ni con la foto me eran reconocibles esos rasgos, los estragos del tiempo pueden dar cuenta tanto de lo importante como de lo insignificante.

Cuando terminó de atender a las señoras, ella se me acercó y me preguntó con voz ronca en qué podía servirme, y yo recordé a una mujer desnuda en la cama utilizando ese mismo tono. Pudo haber sido Alexia esa lejana noche. Quise que fuera Alexia.

Siempre he usado *Fahrenheit,* pero, no sé por qué, le pregunté si tenía *Carolina Herrera* para hombre (o sí lo sé, Ramiro usa Carolina Herrera, anoche se lo sentí, me gustó y le pregunté por el nombre). Ella asintió y se dio la vuelta y buscó el perfume en uno de los mostradores. Y yo miré el cuerpo excesivo, la cintura ceñidísima con un cinturón blanco que me hizo recordar a una chica que mis compañeros del Don Bosco llamaban Avispa, y pensé en los políticos que no estaban a mi altura, o era yo el que no estaba a su altura. Le pregunté si se llamaba Alexia, y me dijo que sí rociando un poco de perfume en mi mano izquierda, me dijo que sí mirándome como si no me conociera, como si me estuviera mirando por primera vez, hacía mucho que yo había entrado en el pozo oscuro de Alexia como ella había entrado en el mío a pesar de la foto y el recuerdo y el esfuerzo de reconocimiento. A pesar de ciertas similitudes —el cristal verde de los aretes, el encaje del rostro— esta Alexia podía no ser esa Alexia. O, peor, o acaso era lo mismo, esta Alexia podía ser esa Alexia y yo podía haberme vuelto a encontrar con ella y no haber sabido que se trataba de ella, podíamos haber hecho el amor en una noche que yo hubiera creído olvidable y jamás hubiera sabido que ella era el inolvidable recuerdo de una noche que creí olvidable. Jamás lo sabría, Alexia no me daría una nueva oportunidad porque yo no era su esposo ni era político.

Le pregunté por el precio del perfume.

—Treinta y nueve dólares —respondió.

Saqué mi tarjeta de crédito —ahora aceptan tarjetas en los moteles, en ese entonces no, aunque yo no tenía tarjeta aquellos días, ni siquiera tenía plata, ella debió haber pagado— y se la entregué. Pensé que, después de tantos años de usar *Fahrenheit,* era hora de cambiar de perfume.

Presentimiento del fin

y aunque él
salir huyendo prefiere
no llega a esa decisión
porque esperar es mejor
a ver si la regla viene

Rubén Blades «Decisiones»

Cuando Raquel lo citó a la heladería *La fuente del deseo,* Lafforet supo inmediatamente que se trataba de algo grave. Después de salir cuatro meses con ella, una cosa tan formal como una cita sólo podía augurar malas noticias. ¿Estaría pensando en terminar con él, el helado de vainilla o el *milk shake* de chocolate para ayudarle a digerir el sabor agridulce de la ruptura? Cinco de la tarde, repitió Lafforet, ya en la voz el tono seco, alertas los mecanismos de defensa que los años le habían enseñado a convocar con rapidez al menor amago de un posible corazón en llamas. Estaré allí.

Situada en el paseo de El Prado, lleno a esa hora de adolescentes ansiosos que daban sus primeros, tentativos pasos en el ritual del cortejo amoroso, *La fuente del deseo* era una casa de dos pisos transformada sin mucha imaginación en un establecimiento comercial. Sus paredes rústicas, pintadas de amarillo chillón, ostentaban frases con las que parejas que ya no eran tales habían proclamado algún día sus promesas de amor eterno. Al centro del patio en la parte posterior de la casa se hallaba la fuente de aguas mustias a la que se arrojaban monedas mientras se pedía el cumplimiento de algún deseo oscuro o quizás no tanto. Lafforet

encontró a Raquel en una mesa al lado de la fuente. Miró su *Náutica* dorado: las cinco y veinte, atra-
sado como de costumbre. Ella no lo había esperado
para hacer el pedido, comía con fruición una *banana split*. Lafforet se preguntó si habría que leer
algún mensaje obvio en la elección del helado. No,
no, estoy muy a la defensiva: ella siempre pide *banana split*.

    —Por lo visto, tu reloj no te sirve de mu-
cho —dijo ella, mirándolo de soslayo, la cucharilla
de vainilla suspendida por unos instantes en el aire. Él la besó en los labios y se sentó. Se fijó en su
rostro pequeño, lo notó más huesudo y angular
que de costumbre. Advirtió que se había puesto
Opium, el perfume que le había regalado y ya no le
gustaba.

    —Disculpas, Bosnia Girl. Mi hermana me
pidió que la llevara al dentista, un tráfico del diablo en la Lanza. Te vaciaste el frasco, ¿ah?

    Ella no dijo nada. Se concentró en el hela-
do, dejó que su silencio ahogara a Lafforet mientras él miraba el menú y le pedía una vienesa al
mozo. Cuántas veces ya ella una *banana split* y él
una vienesa, como ella una Margarita y él Old Parr
en la discoteca, como ella de espaldas a él en las camas en que se encontraban, todo se volvía rutina
en el espacio de un pestañeo, todo perdía frescura
con rapidez sin que nadie se diera cuenta cómo ni
cuándo. Lafforet miró a su alrededor y descubrió a
una pareja que charlaba muy entusiasmada, se dijo que ellos estaban en el principio así como Raquel y él estaban en el final de una larga pero corta

aventura; lo permanente en esos días no duraba más de cuatro meses, el tiempo era corto pero uno lo sentía largo, tan largo como los domingos sin fútbol en Cochabamba. La pareja charlaba y reía, Lafforet deseó que lo disfrutaran mientras pudieran. Ni una moneda en la fuente los salvará del final.

—Creo que estoy embarazada —dijo de pronto Raquel, sus ojos color miel mirándolo con intensidad, inmovilizándolo. Estaba seria, muy seria, quietos los músculos del rostro. Parecía estar tomándose las cosas con calma. Lafforet estaba escuchando a Arjona en los altoparlantes de la heladería, la historia del taxista que tanto le gustaba, cuando las palabras de Raquel despojaron de sus ruidos al recinto —la voz del cantante, las risas, el tintineo de las cucharillas en las copas—, y flotaron en la atmósfera con una cruel materialidad, con una densidad de escándalo. Lafforet se quedó sin aire. Contó hasta diez, como le habían enseñado desde su esquina. Luego, inició la defensa. Había que aferrarse a alguna cuerda. Y la cuerda era el *creo*. Ella no había dicho *estoy embarazada*. Había dicho *creo que estoy embarazada*.

—¿Crees? ¿Por qué crees?

—Debía haberme bajado hace tres semanas. Y nada.

—Quizás estés nerviosa. Tus exámenes, esas cosas. Has estado estudiando mucho últimamente, mira cómo están tus uñas de comidas. Suele suceder.

—Sí... pero mis uñas me las como desde niña. Mi intuición me dice otra cosa. Anoche tuve un sueño terrible. Alguien tocaba a la puerta. Iba a abrirla, y encontraba en el suelo un bebé abandonado en una canasta.

—La intuición femenina se equivoca de vez en cuando.

Ella puso sus manos sobre las de Lafforet, las acarició con ternura. Lafforet miró los cuatro anillos plateados en la mano derecha. ¿Por qué tantos anillos? Grandes, muy desproporcionados para sus dedos tan chiquitos. Pensó que había tenido un presentimiento equivocado. Hubiera preferido estar en lo cierto, escuchar a Raquel diciéndole que ya no lo quería y era hora del fin, y no escuchar lo que acababa de escuchar. Uno se podía recuperar de las rupturas pero de los embarazos no tanto.

—¿Qué vamos a hacer, amor?

Fue entonces que Raquel se quebró. Había intentado mantener la calma, pero acaso al pronunciar la palabra *amor* como lo había hecho tantas veces con Lafforet, con tanto amor, las compuertas interiores estallaron y las lágrimas comenzaron a correr por sus mejillas, primero finos hilillos, después el diluvio. ¿Qué vamos a hacer, amor? ¿Qué? ¿Amor? ¿Estás ahí, amor? La gente en la heladería los miraba, la pareja que charlaba con entusiasmo se quedó callada, pendiente de lo que él haría. Lafforet quería consolarla, pero ninguna frase hecha acudía a su auxilio. Recordó la letra de una canción de Rubén Blades, *y aunque él/ salir huyendo prefiere/ no llega a esa decisión/ porque esperar es mejor/ a ver si la regla viene*. Observaba sin observar el maquillaje corrido en las mejillas de Raquel. Pensaba que se complicarían sus planes de irse a España a hacer un postgrado en ingeniería de alimentos. No quería ser egoísta; no podía dejar de serlo.

—Hay que tomar las cosas con calma —dijo al fin, abrazándola, limpiándole las lágrimas, era muy bueno para aparentar ternura—. Nada es seguro todavía. Esperemos un poco más, veamos qué pasa. Sabes que estoy contigo, que tienes todo mi amor y mi apoyo.

Pero no era verdad: ella ya no tenía su amor. Hacía un buen tiempo que Lafforet la había dejado de querer, pero seguía con ella por inercia. No sabía qué hacer para terminar con ella, no quería herirla, sabía cuánto lo amaba. No había nada de Raquel que le disgustara particularmente, pero tampoco había algo que lo conmoviera o la distinguiera de las demás mujeres. Los primeros dos meses habían sido magníficos, y Lafforet había llegado a creer que por fin tenía a su alcance una convincente posibilidad de enamorarse. Su rostro angular, su estatura pequeña y sus diminutos ojos no le llamaban mucho la atención, pero su contagiosa simpatía, su dedicación a él y su versatilidad en la cama eran más que suficientes para mantenerlo interesado. Pasaban mucho tiempo juntos: los fines de semana jugaban al tenis y veían videos, iban al cine o a la discoteca. Los jueves al mediodía se reunían en una salteñería de El Prado a hacer el crucigrama de Los Tiempos. Muchas noches en la semana, estudiaban en casa de Raquel. Los papás de Lafforet estaban felices con ella. Ya era hora, decía

la mamá, preocupada después de años de ver desfi-
lar mujeres en la vida de su hijo. Tanta inestabili-
dad emocional no auguraba nada bueno.

Lafforet se había creído lo que su madre y
sus amigos en relaciones estables le repetían cons-
tantemente: su comportamiento no era nada normal. Tantas mujeres una tras otra impedían que
conociera a una en profundidad; tanta conquista
le impedía descubrir que el amor era una aventura
cotidiana, en la que había que luchar y sacrificarse.
Debía madurar, aprender a compartir la vida en
pareja. Debía pensar en algo menos espectacular
que un apasionado romance de fin de semana, pero más sólido, con mayores posibilidades de persistir. Las primeras semanas, después de conocerla en
una parrillada, la sonrisa entre dulce y pícara, la
chamarra vieja de jean y los pantalones con bota-
piés inmensos, onda años setenta, Lafforet pensó
que Raquel podía ser la indicada. Tantas relaciones
suyas habían nacido, por propia decisión, con fecha de vencimiento; ahora, se notaba predispuesto
a que las cosas funcionaran. La recogía de la universidad por las noches, y daban vueltas en su Ford
Escort por las calles semivacías de Cochabamba,
El Prado fantasmal en la penumbra, en la radio un
casette de Oasis o los Counting Crows, o el preferido de ella, Joan Manoel Serrat. Le gustaba sentir
el olor agresivo de su piel cuando hacían el amor
en el *Paraíso*. Después, desnudos y con un cigarrillo en los labios, él le hablaba de Travolta y Taran-
tino y de las películas que se habían estrenado en
los States y que tardarían tanto en llegar, y ella le

contaba anécdotas de su vida o historias que había leído en *La Razón* o *Los Tiempos,* qué manera de leer el periódico. Estaba obsesionada por lo que sucedía en Bosnia, quería ir de voluntaria en el ejército de paz de las Naciones Unidas. Bosnia Girl, la llamaba él recordando una canción de David Bowie que había estado muy de moda una década atrás.

Esa predisposición, sin embargo, no duró más de diez semanas. Una noche en la discoteca, con Raquel a su lado, muy maquillada y con un vestido rojo abolsado que no la favorecía, se encontró aburrido, mirando a otras mujeres y con muchas ganas de ir a seducir a alguna de ellas. Les diría lo que siempre les decía, las frases acariciadoras que a veces servían para conquistarlas y, a la vez, conquistarse a sí mismo, asegurarse de que todavía gustaba, todavía lo encontraban interesante, al menos por unas semanas, hasta que volviera a aparecer el aburrimiento y hubiera necesidad de una nueva cara y un nuevo cuerpo, un nuevo nombre para el recuerdo o el olvido, un nuevo espejo para mirarse a sí mismo y asegurarse de que él era él y no otro. Miró su reloj, miró sus zapatos, miró al techo fulgurante en luces de colores: ¿a qué hora tendría que llevar a Raquel a casa? No había caso, se dijo: era su reloj biológico, que parecía no estar programado para carreras de larga distancia. Tenía que aceptarse como era, dejar de sentirse culpable por no ser como dictaba la norma. En las Olimpiadas, después de todo, había corredores para los cien metros planos y corredores para la maratón. Además, ¿quién había decidido que lo persistente tenía más valor que lo fugaz? Esa noche, mientras recogía su saco del guardarropa, un Marlboro en la boca, decidió que volvería a rezar en el templo de lo fugaz, del mítico instante que lo dejaba vacío a la mañana siguiente pero que, aun así, justificaba la existencia mientras duraba.

Pero no era fácil cortar con la *Bornia Girl*. Ella le decía cada vez que podía, para que se lo memorizara, cómo había cambiado su vida gracias a él, y que no sabría qué hacer si lo perdía. Lo sorprendía con tarjetas, galletas hechas en casa, ositos de peluche y, al cumplir cinco meses juntos, una cadena de oro con la mitad de un corazón y una simple inscripción: *Te amo.* Lafforet miraba su Náutica —se había convertido en un tic en las últimas semanas, ver su reloj y seguir llegando tarde, ver su reloj y no hacer nada al respecto, dejar que los minutos pasaran y luego las horas y luego los días—, se sentía culpable por ser tan insensible, se tragaba las palabras preparadas y postergaba, una vez más, su decisión. Tan fácil iniciar una relación, tan difícil salir de ella: la costumbre, que impone su propio ritmo a despecho de intenciones y caprichos personales. La familia, los amigos, las invitaciones compartidas, la cotidiana conspiración de las circunstancias, los escrúpulos y la culpa: no era fácil, pensaba Lafforet mientras la abrazaba y la besaba, nada fácil.

Los siguientes días después de la conversación en *La fuente del deseo,* Lafforet tuvo sueños intranquilos. Mientras se bañaba en la tina, el color verdoso del agua se iba tornando rojo sangre. La iglesia del Hospicio, a la que hacía mucho que no iba, se incendiaba una madrugada lluviosa. Le había pedido a Raquel que fuera al médico, para qué torturarse esperando, pero ella no quiso, tenía miedo, mejor esperemos, lo más probable es que sea sólo un retraso, una falsa alarma. Al despertar, lo primero que hacía era llamarla, cruzar los dedos y rogar por la buena nueva, feligrés que mira el cielo del Vaticano en espera de la fumata negra anunciando al nuevo Papa.

—¿Qué te pasa, hijo? —preguntaba su papá, sorprendido al verlo tan temprano en el teléfono. ¿Y si le contaba y le pedía que lo aconsejara? A alguien tenía que contarle todo, escupir sus palabras. Desahogarse se había convertido en una necesidad física. Vio el rostro hosco de su papá, la negra camisa de cuello alto que no lo dejaba respirar, y se desanimó. Su papá era su papá, no su amigo.

—Raquel quiere que la ayude, tiene una tarea complicada.

—Te estás pareciendo cada vez más a tu mamá. Qué manera de darle al teléfono.

¿Y su hermano? A Jaime lo veía muy poco desde que se había casado. No eran muy unidos, Jaime era cinco años mayor que él, pero estaba seguro que lo entendería. Pese a su carácter tan recto, tuvo la certidumbre de que podía confiar en él.

Había continuado hablando del tema con Raquel, en el living de su casa —las colillas de cigarrillos amontonándose en el cenicero, el café enfriándose—, en los bares minúsculos y acogedores de la calle España, y en la plazuela Quintanilla, cerca de su casa, a la sombra de los jacarandás en flor. Ella, dos trenzas negras que le llegaban hasta media espalda, le había anunciado su posición:

—Si sucede lo que tememos, quiero tener al hijo.

—Pero. La ingeniería...

—No me importan mis estudios, la reacción de mis papás, el qué dirán. Hay cosas que ni se me cruzan por la cabeza, quiero dormir tranquila el resto de mi vida. Por supuesto, jamás te presionaría a hacer algo que no quieres. Que te quieras casar conmigo por obligación, por ejemplo.

—Apoyo cualquier decisión que tomes —decía Lafforet admirando la fortaleza de Raquel, descubriendo en sí mismo una sorprendente capacidad para la cobardía. Recordó una tira cómica de Mafalda. A Felipito le gustaba una chica en la escuela, pero no se animaba a hablarle. Se preguntaba si era un hombre o un ratón. ¿Le hablaría? En el último cuadro, Quino había dibujado a Felipito comiendo un queso. Esto no hubiera pasado si yo habría actuado siguiendo la decisión que tomé. ¿Es que era tan difícil cortar? ¿Me sentía tan culpable? ¿Me creía tanto que realmente pensaba que ella no sabría qué hacer con su vida si la dejaba? Soy un ratón y ahora me toca comerme el queso. Un ratón de primera.

Y ahora... ¿ahora qué? Pensaba en tantos amigos que a través de los años habían debido afrontar una situación similar: Ricky, que se jactaba de cuatro abortos. Wiernicke, que había pagado trescientos dólares por uno (la segunda vez que le sucedió no tuvo valor para hacerlo, se casó con una chica con la que había estado apenas tres meses, se divorciaron un mes después de que naciera el bebé, lindo y gordo, parecido a la madre). Tiburón, que un fin de semana había tenido una aventura con una mujer casada, y que meses después había recibido un llamado de ella, que no se preocupara de nada, sólo quería que la ayudara a pagar la cuenta. Había sido tan fácil, en esas ocasiones, adoptar una postura de superioridad moral, criticar y decepcionarse de los amigos, prometerse que él jamás lo haría llegado el caso. No, Wiernicke, eso no se hace. ¿Y tú qué harías en mi lugar? Cualquier cosa, menos lo que tú hiciste. ¿Te imaginas? ¡Era sangre de tu sangre! Era otra cosa ponerse los *zapatos del muerto*. Bastaba un descuido para que un espermatozoide aguerrido cruzara acídicos ríos y perforara las paredes de un óvulo muy cordial con las visitas. Bastaba un descuido para que el futuro abandonara la paz de lo lineal y se instalara en la zozobra. Una golondrina sí podía hacer verano.

A medida que pasaban los días y no había novedades, Raquel adquiría más valor, se afirmaba en su decisión y extraía de ella un desbordante optimismo, una seguridad que se transmitía al hablar, al mirar, al caminar, ella tan timorata y vacilante en otros días. Lafforet, en cambio, iba perdiendo del todo su habitual aplomo, se entregaba a oscilaciones de espanto. Preocupaba a sus papás con su silencio en el almuerzo y la cena, a sus amigos con su aire ausente cuando se encontraba con ellos en *Utopía*. Dejó de escribir su tesis, incapaz de pensar en la modernización tecnológica de los procesos de fabricación de la chicha. Volvió al abandonado hábito de persignarse al pasar frente a una iglesia.

Al fin, le contó todo a Jaime.

—Un buen médico te sale unos quinientos dólares —dijo éste después de un mordisco a su sandwich de chola, estaban comiendo en un puesto de la Humboldt, cerca de las pestilentes aguas del Rocha, quieto al atardecer—. Lo puedes hacer por ciento cincuenta, pero no te lo aconsejaría. La chica de un amigo mío murió así, desangrándose en un sótano convertido a la rápida en una sala de operaciones.

Lafforet se quedó en silencio.

—Quisiera... pero no puedo. ¿Te imaginas qué haría la mami si se enterara? Se muere.

—Te digo algo, pero sólo para ti.

—Ajá.

—Yo pagué quinientos. Ella me dijo que fue como si le hubieran sacado una muela. Así de sencillo.

—No te creo.

—Te lo cuento para que no sientas que lo que te pasa es cosa del otro mundo. No pongas esa cara. Te sorprenderías si supieras quiénes más —un gesto desdeñoso, de hombre de mundo—. Que arroje la primera piedra el que esté libre. Hay tantos chismes en esta ciudad que creemos saberlo todo. Y sin embargo es tan poco lo que sabemos. Los secretos siempre son más, mucho más que lo que sabemos. Sólo conocemos una chispa del escandaloso incendio que es Cochabamba.

¿Su hermano también? No podía ser. Lafforet aparentó calma. Esa noticia no lo molestaba. No tenía que molestarlo.

—Pero a ella ni se le ocurre. Ella está decidida a tenerlo.

—¿Acaso la decisión es sólo suya? La vaina es entre los dos, ella no puede hacer lo que se le antoje sin consultarte.

—Ya sé. Pero es ella la que va a tener el hijo, es ella la que carga con la mayor parte del problema. Si dice que quiere tenerlo, ¿qué puedo hacer?

—No sé, no sé. Pero si no abres la boca, si no intentas siquiera convencerla, ya verás lo que se te viene. Para comenzar, olvídate de España.

—No necesariamente.

—Sí necesariamente.

Jaime tenía razón: debía ser sincero con ella, decirle lo que pensaba. Eso quizás la asustaría y la haría cambiar de opinión. Encerrado en su cuarto, la televisión encendida y sin volumen, al lado de la ventana un poster de Eva Herzigova en un Wonderbra rosado, intentó preparar minuciosamente lo que le diría, memorizar unas cuantas frases. Pero, ¿qué quería? No lo sabía muy bien. Pensaba en el hijo o la hija de su hermano caminando por el living de la casa, el hijo que acaso se hubiera llamado Jaime, o tal vez Joaquín como su papá, o María Elena como su mamá, o Camila, ese nombre estaba de moda. A la hora del almuerzo, miraba a su mamá observándolo como si ella supiera lo que le pasaba, con esa mirada con la que había crecido y que le había hecho confesar tantas cosas, las monedas robadas de su cartera, el jarrón roto del comedor, la vez que vio a una empleada desnudarse por el ojo de la cerradura. Pensaba en la maestría en España. ¿Qué quería? ¿Qué diablos quería? ¿Un hijo con la Bosnia Girl? Eso tampoco. Pero, ¿dónde iban los hijos que se habían desvanecido antes de tener la oportunidad de convertirse en hijos? ¿En qué jardín jugaban los hijos de Wiernicke, Ricky, Tiburón y Jaime? ¿Y dónde iría él si sucedía lo que quería pero no podía hacer que sucediera? ¿El infierno ya nada temido en esos días? ¿O algo peor, alguna república en la tierra para la expiación de las culpas? ¿Qué era, un hombre o un ratón? ¿Podía uno ser hombre y ratón a la vez?

Debía tranquilizarse. Nada había ocurrido todavía. De nada servía preocuparse.

—Estoy asustada pero en el fondo lista para cualquier cosa— decía Raquel en el sofá de su casa, apoyando la cabeza entre sus piernas, esperando tanto de él, tantos anillos, cuatro en cada mano, *quién le habrá dicho que le quedan bien*—. Pruebas como ésta me hacen ver cuánto te amo.

Lafforet jugaba con sus trenzas, la besaba y le decía, con largas pausas entre palabra y palabra, que él también estaba asustado pero muy feliz.

—Si es hombrecito se llamará Joaquín Andrés, si es mujer Raquel. ¿O prefieres Camila? ¿Qué te parece?

Así pasaron dos semanas. Hasta que un jueves por la mañana Raquel lo llamó llorando para decirle que ya no podía soportar tanta incertidumbre, la noche anterior había tenido otra pesadilla y estaba yendo esa mañana al médico, una amiga la acompañaría. Lafforet la tranquilizó.

—Es lo mejor que puedes hacer. Yo también ya estaba cansado de la espera.

Le pidió que lo llamara apenas tuviera el resultado en sus manos, del primer teléfono público que encontrara. Parapetado en su cuarto, Lafforet intentó, sin suerte, resolver un crucigrama. ¿Escritor modernista, cinco letras? ¿Escultor griego, diez letras? ¿Primera feminista boliviana, siete letras? *Y aunque él salir huyendo prefiere,* tarareó. Miraba su reloj con insistencia. Que no sea que no sea si no es te prometo que volveré a ir a la iglesia todos los domingos cambiaré me portaré bien seré fiel a la causa no engañaré respetaré a mi pareja la amaré le daré todo y mucho más seré el chico modelo el chico modelo el chico modelo modelo modelo.

La llamada se produjo a las once y media de la mañana. Lafforet dejó que el teléfono sonara un buen rato. Había que contestar. Había que hacerlo.

La voz de Raquel tenía un tono alegre, relajado. Se había tratado de una falsa alarma. No era raro, había dicho el doctor, que tensiones derivadas de problemas familiares o laborales o relacionados con el estudio produjeran atrasos en el período. Ambos respiraron aliviados, rieron con una risa exaltada, sin control, tocaron madera.

—Te amo, amor.

—Yo también, muchísimo.

—Gracias por todo tu apoyo.

—No me tienes que agradecer nada, Bosnia Girl.

Lafforet se dijo que, aunque ella se había preparado para tener el hijo, evidentemente se hallaba más preparada para no tenerlo.

El jueves siguiente, Lafforet citó a Raquel en *La fuente del deseo*, a las cinco de la tarde. Raquel se vistió con elegancia, un vestido azul que le dejaba los hombros al descubierto, zapatos negros de taco alto, sus mejores medias color carne. Pensó que sólo podía ocurrir algo bueno en algo tan formal como una cita. Quién sabe, quizá arrojarían unas monedas a la fuente para renovar sus promesas de amor. Habían pasado por una prueba muy difícil, habían fortificado su relación. Se puso el perfume que a Lafforet le gustaba, *Opium*, se miró en el espejo y sonrió: estaba linda, muy linda y feliz.

Salió a la calle.

El dolor de tu ausencia

Una vez más aquí, pensó Ramiro mientras la puerta de hierro oxidado del *Paraíso* se abría lentamente para dejarlo ingresar en su Honda Accord blanco y salpicado de barro: extraña pero inevitable manera de marcar el paso de las semanas. El chiquillo que le abrió la puerta, con una gorra militar muy grande en la que se perdía su cabeza, lo reconoció y le mostró los dientes en una sonrisa cómplice. Ramiro estacionó su auto en el garaje que correspondía a la habitación nueve, reservada para él como todos los viernes a las seis en punto de la tarde. En el horizonte el crepúsculo exploraba los inagotables matices del anaranjado. A lo lejos se oía el ruido continuo de los autos en la carretera, atravesando el puente de concreto reforzado sobre el seco riachuelo.

Apenas abrió la sólida puerta de caoba y entró a la habitación, Ramiro se dijo que el olor de los moteles le recordaba inevitablemente el destino de los amores contrariados. Un olor artificial, generalmente frutilla pero esa primera vez vainilla y desde entonces vainilla, que producía su efecto al impregnarse en la piel y no a través del sentido del olfato. Me siento en un laboratorio químico, había dicho Andrea tirada en diagonal en la cama de cobertor rojo y almohadones en forma de corazón, con la ropa todavía puesta, la chamarra azul, los botines negros y el cinturón de cuero con una inmensa hebilla, aspirando teatralmente el aire de la habitación ese atardecer en que según ella era la primera vez que pisaba un motel. Ramiro se sentó a un lado de la cama, procurando evitar la diagonal en la que había reposado el cuerpo de Andrea, se sacó la chamarra y los lentes oscuros, y se aflojó el cuello de la camisa. La primera vez, pensó. Cuántas veces la primera vez.

Pidió una botella de vino tinto y dos vasos. Se dio una vuelta por el baño, se lavó las manos, comprobó que todo estuviera en su lugar. Las gorras de baño, las toallas, las macetas de helechos gigantes que acababan de ser regados. Las estatuas de yeso de un hombre y una mujer desnudos: ideales de la antigüedad griega que se las ingeniaban para persistir a través de los siglos. Jugó un rato con las luces, se decidió por una penumbra rojiza para hacer juego con el cobertor, muy de cabaret de tercera. Escuchó una canción de Manolo Otero y otra del Puma Rodríguez, que salían de un par de altoparlantes a ambos costados de la cama y parecían pertenecer a un casette grabado en una radio mal sintonizada. La música romántica en español la escuchaba en taxis y a veces en discotecas, pero sobre todo en moteles. Podía clasificar a los cantantes de acuerdo a los lugares donde los escuchaba. Django era, definitivamente, el cantante de motel por excelencia. Le extrañaría si esa noche no escuchaba al menos una canción suya.

Cuando llegó el vino, Undurraga como de costumbre, lo sirvió en los dos vasos e hizo un brindis en honor de aquellos momentos en que la realidad se superaba a sí misma. Como cuando te conocí, Andrea. No lo podía creer, pensar que por dos horas estuve sentado al lado tuyo en ese matrimonio antes de animarme a hablarte, se te veía tan seria y formal al lado de tu esposo. Y no te habría pedido el teléfono, no, si no hubieras puesto esa cara tan triste y desesperada al despedirte de mí, como diciéndome que te salvara, o al menos eso era lo que entendí, eso era lo que quise entender, sálvame quienquiera que seas, sálvame por favor. Dejó un vaso en el velador, bebió del otro hasta la mitad.

—Y esa televisión... —dijo ella con su voz dulce y cantarina, pasándose la lengua por los labios. Tenía una linda piel, color leche chocolatada. Era robusta, de piernas macizas y de cintura recta. Un ropero, le dijo su hermano cuando le mostró la foto. ¿Qué veía él en ella que otros, incluido su marido, eran incapaces de ver?

—Para videos.

—¿Qué clase?

—¿Cómo que qué clase? Pornos, obviamente.

Ella se había reído con genuino candor, era verdad que a pesar de estar casada durante siete años era muy inocente, o al menos tenía un gran talento para hacerse a la ingenua. Había insistido con ver una película pornográfica, nunca había visto una y ésa era su oportunidad, su esposo era tan cerrado en esas cosas. Él, ruborizado, encendió la televisión. Vieron, agarrados de la mano, diez minutos de sexo entre dos parejas en el consultorio de un dentista. Ella estaba sorprendida con el miembro de uno de los hombres; no podía creer que pudiera existir uno tan grande. No existe, dijo él; es pura fantasía. Pues eso a mí me parece muy real, dijo ella y le vino un ataque incontrolable de risa. Ramiro dedujo que ella estaba más nerviosa que él y se tranquilizó. Después, comenzó a desnudarla.

En la televisión, *El cartero llama una vez.* Ramiro bajó el volumen de la música —José Luis Perales—, terminó el vaso de vino y recordó esa vez en que habían visto un partido de fútbol en el motel, abrazados bajo las sábanas y sin necesidad de más para lograr la felicidad. *Tú me tienes,* había dicho ella en un susurro y era verdad, él sabía que era verdad. Esa había sido la misma noche en que ella, una mejilla apoyada en su pecho, le había dicho que estaba dispuesta a dejar a su marido por él, estaba dispuesta a todo por él. Ya eran seis meses que se veían siguiendo un ritual muy establecido: los viernes de seis a nueve en el *Paraíso,* mientras el marido de Andrea jugaba cacho con sus amigos en la *Casa de Campo,* había que agradecer al que inventó la tradición de los viernes de soltero. Él la recogía de la plazuela San Pedro, vacía a esa hora, ella con el rostro escondido detrás de una larga pañoleta y unos lentes grandes, ambos nerviosos y también embriagados por el placer de lo prohibido: eran los escogidos, los que podían llevar a cabo los sueños de pasión y aventura de tantos mortales.

Estoy dispuesta a todo por ti. Seis meses y ya tanto amor, pero a la vez tanto miedo por parte de él: no era fácil renunciar a la independencia, a las malas costumbres de lobo solitario, de tiburón al acecho en discotecas y bares. *Tú me tienes, Ramiro, una palabra tuya será suficiente.* Y él, él se había atorado, había alzado la vista hacia las imágenes del partido en la televisión —un jugador brasileño tirado en la cancha, una mueca de intenso dolor en el rostro—, y había dicho *hay que tomar las cosas con calma, Andrea, con una decisión de ese tipo no se juega.* Sabía que tampoco se jugaba con la oportunidad que Andrea le acababa de dar. Debía apurarse. La entrega de hoy quizás no estaría más a la mañana siguiente, el cálido abrazo quizás se tornaría en frío y formal apretón de manos o acaso indiferencia total, las puertas abiertas quizá se cerrarían ante tanta vacilación.

Ramiro se desnudó y se metió entre las sábanas. Hacía frío en la habitación. Apretó las sábanas contra su cuerpo, como esperando calor y protección instantáneos. Se miró a sí mismo reflejado, a través de la rojiza penumbra del recinto, en los espejos del techo y de las paredes. Recordó que una vez, Andrea, su espalda arqueada contra la cama, le había dicho que podía ver a siete parejas haciendo el amor en el techo. Estamos haciéndolo ocho veces al mismo tiempo, ¿no te parece increíble? Ella tenía una especial predilección por las frases originales e inolvidables. O acaso no lo eran más que para él, y otras personas encontrarían en ellas sólo lugares comunes, envueltos en resplandeciente papel de regalo pero lugares comunes al fin. No importaba. Lo cierto era que cada movimiento —la espalda arqueada antes de venirse, el cerrar los párpados a medias antes de decirle que lo amaba— y cada frase se habían convertido en rastros ominosos de una vida alucinada y fantasmagórica que lo perseguía implacable, incesantemente, hasta sitiarlo y terminar por convencerlo de que ella, sólo ella y no otra —el trabajo en el banco, las posibilidades de ascenso, la pareja nueva, la familia y los amigos— merecía ser tomada en cuenta. Los fantasmas tenían más materia que tanta realidad de sólidas puertas de caoba y puentes de concreto reforzado.

¿No te parece increíble? En los espejos se podía reconocer más fácilmente la ausencia. *Me duele tu ausencia, Andrea*. Era la misma frase con que ella concluía el *e-mail* que le mandaba todos los días, cuando no se podían ver y tampoco hablaban por teléfono por miedo a oídos indiscretos, el *e-mail* que era una ansiosa prenda de amor, carta que se animaba a persistir bajo otra forma más adecuada a los tiempos que corrían. Me duele tu ausencia, Ramiro, y sólo espero que este lunes se convierta pronto en viernes. ¿No te parece increíble? Cuántos meses había resistido la insistente entrega de ella. *Me duele mucho tu ausencia*. Cuántos meses hasta aquel viernes, los dos vistiéndose y de pronto ella, la larga cabellera negra cayéndole sobre los senos, los ojos grises con una conmovedora expresión de melancolía, diciéndole que ésa era la última vez que se verían, se había reconciliado con su esposo y no quería volver a engañarlo más, quería dejar atrás el cruel y turbio juego de la infidelidad.

Tu ausencia me duele. Acabó su vaso, se sirvió otro y dijo en voz baja, mirando a las estatuas de yeso: a tu salud, Andrea. ¿Me acompañas? Nadie le contestó. Oyó, a través de las paredes, los frenéticos gemidos de una pareja en la habitación contigua. Oyó a Django. Oyó a Andrea tararear la canción de Django, de espaldas a él y frente al espejo, arreglándose la cabellera y dando color a las carnosas mejillas. Era una voz dulce y arrulladora, una voz que le recorría la piel que hace poco rato había gozado pero ahora se encontraba tensa. *Duele tu ausencia me.* ¿Era una prueba? No, no lo era. Dijera lo que dijera, era tarde. Andrea no hablaba por hablar, era frontal y sus palabras no se prestaban a lecturas entre líneas, a mensajes susceptibles de ser interpretados de múltiples maneras. Se puso su reloj. Quiso llorar, pero eso sí haría las cosas melodramáticas, ya había tenido suficiente melodrama ese año. *Ausencia tu duele me.* Tenía los ojos húmedos, más húmedos aún al ver en los espejos que las ocho parejas se habían convertido en un hombre desnudo bebiendo vino de la botella, en un lobo solitario hablando incoherencias, en un acechado tiburón al acecho.

—Andrea, no te apresures. Sólo necesito un poco de tiempo. Dos, tres semanas.

—Ahora tienes todo el tiempo del mundo.

Era verdad. Ahora tenía todo el tiempo del mundo. Había tratado de comunicarse con ella, pero había sido en vano. En los primeros días había dejado mensajes angustiosos en el contestador (¿qué habrá dicho su esposo? Conociéndola, seguro ella le había contado todos los detalles), hasta que ella cambió su teléfono. Como en los buenos tiempos, le había escrito un *e-mail* antes de acostarse, pero ella no había respondido y al final terminó cambiando su dirección electrónica. Apoyó su espalda contra el respaldar de la cama, eructó. Apagó la televisión y la radio. La pareja de al lado parecía haber concluido su frenético encuentro. Cerró los ojos, quiso dejarse llevar por el silencio y la oscuridad de la noche y dormir, perderse en un lugar que no era el del edificio de paredes de ladrillo visto en el que se hallaba, ni el de la perversa memoria que lo acosaba sin descanso. No pudo. Ahí estaba ella, la única vez que la había visto después de la ruptura, dos semanas atrás, con un largo vestido azul y del brazo de su esposo, la figura robusta, el seductor aire ingenuo, la cara que siempre lo sorprendía pese a la ausencia de sorpresas. Parecía feliz, muy feliz.

Él había intentado acercarse, pero, a último momento, había tenido miedo. ¿Y si ella no lo reconocía, o se hacía a la que no lo conocía? Ya habían pasado meses de los impulsivos *e-mails* y llamadas telefónicas, ahora ya no se animaba tan fácilmente al rechazo. Era mejor vivir con el conocimiento de la pérdida, con el dolor de la ausencia que lo envolvía como el polvo a una casa abandonada, que con la experiencia de ver que esos expresivos ojos grises ya no expresaban nada al verlo, que esa piel que mezclaba la leche con el chocolate ya no se crispaba en su presencia.

Entonces, en la rojiza oscuridad, volvió a hablarle. Le dijo, con la voz entrecortada, que la amaba mucho y que siempre la amaría. Le dijo una y mil veces que le dolía su ausencia, a pesar de que sabía que ella estaba con él todo el tiempo. Le dijo que los lobos solitarios sólo sabían hacer lo que él había hecho, perder oportunidades hasta terminar dándose de bruces en un callejón sin salida. Le dijo que el olor a vainilla todavía estaba ahí, esperándola, al igual que el cobertor rojo y Django y los espejos que sabían multiplicarlos. Le dijo que, aunque seguramente la vería en cada instante de su vida durante la próxima semana, en las oficinas en el banco y en la cara de su nueva pareja y al pasar por los puentes de concreto reforzado, por favor no se olvidara de la cita el próximo viernes. Pasaría por la plazuela San Pedro a recogerla, diez minutos antes de las seis. Le pidió que no se olvidara de llevar puestos los botines negros, la chamarra azul y el cinturón de inmensa hebilla.

Después de pagar la cuenta, Ramiro comenzó a contar los minutos que faltaban para el próximo viernes.

Tiburón

*To what end the exertion, at awakening,
of not wanting to die, to what end?*

   Thomas Bernhard, Wittgenstein's Nephew

Una fría mañana de febrero en Berkeley, tomaba café y veía el informe deportivo en uno de los canales hispanos cuando sonó el teléfono. Era la voz cantarina de mi hermano, voz que no sabía dar malas noticias, acompañada por el eco de una mala conexión internacional. Después de saludarme hizo una pausa y me lo dijo sin ningún tipo de protocolo:

—Tiburón murió anoche. Manejaba después del baile de máscaras, estaba pasadísimo y se distrajo. Terminó en el fondo del Rocha, los nudillos destrozados, parece que golpeó las ventanas hasta que se quedó sin aire. Qué desesperante, ¿no? Esa manera de morir no se la deseo a nadie. La que se salvó fue Flavia. La había dejado en casa unos minutos antes, parece que volvía al baile o iba a casa de alguien con quien había quedado en encontrarse, tú sabes como era él. Bueno, te dejo. Lo siento mucho, brodi. Pensé que debías saberlo.

Apagué el televisor, terminé mi café. Me dirigí a la cocina, vi a través de las ventanas las casas diseminadas en las colinas, cuadrados y rectángulos de colores entre el verde de los árboles indecisos en el viento. Había olvidado el carnaval. Imaginé a papá y mamá en el Club Social, las serpentinas en el cuello y un gorro de papel en la cabeza, tarareando, nostálgicos, una canción que habían bailado juntos décadas atrás. Los años pasaban, uno perdía aunque no perdía. La tristeza hundió sus garras en mi piel, elaboró azoro en mis ojos. Podía adivinar los rumores en la soleada mañana cochabambina, los predecibles comentarios de tristeza y pesadumbre, el susurro malicioso que hablaba de justicia cósmica, la sugerencia de que uno no era víctima de las tragedias sino que se las ganaba a través de los actos de su vida. Tiburón, todos lo sabíamos, se había ganado hacía mucho un par de temporadas en el infierno.

Conocí al legendario Tiburón en mi último año de colegio, una lluviosa noche de febrero en casa de Wiernicke, un compañero de curso que se había compadecido de mi pobre vida social y me había invitado a formar parte de Los Supremos. Recuerdo que él estaba sentado a mi derecha en el living, al lado de una lámpara que lo envolvía en su luz brillante, tomando un chuflay y contando entre risas sus últimas andanzas, William y Daniel y los demás con rostros joviales y a la espera de cada una de sus palabras para colgarse de ellas y tratar de aprender el secreto que permitía el invariable sí de las niñas. Me sorprendió su baja estatura, su cuerpo regordete y su cara cachetona. ¿Era él el que hacía suspirar a las mujeres, el que las hacía engañar o dejar a sus novios para luego, en el espacio de un pestañeo, dejarlas él y tener que soportar el asedio de un corazón roto, uno más en una lista interminable? ¿Cuál era su receta? ¿Su capacidad para hacerte creer que tú eras su audiencia más importante y no había nadie más especial que tú? Al verlo gesticulando, entrecerrando los ojos para poner una cara a la vez agresiva y vulnerable, moviendo los brazos con intensidad y utilizando un castellano salpicado de inglés, *mamá mía, qué mujer, la miré y me dije the hell with her boyfriend,* pensé que se trataba de algo que nadie aprendería aunque tomara clases particulares con él. Sentí pena por Lafforet, un flaco con un arete en la oreja, que escuchaba extasiado a Tiburón, como memorizando sus palabras: le esperaban muchas decepciones.

Apenas hablé con Tiburón, pero sus palabras se quedaron conmigo, por lo extrañas, por lo inesperadas. Después de un brindis, me miró y me dijo, la voz susurrante, como para que no lo oyera nadie más que yo:

—Monino, me recuerdas a mi papá. Tienes sus ojos. Murió en un accidente de aviación en Santa Cruz. Cada día que pasa pienso en él, y también pienso que ése será mi último día.

—No me asustes —le dije—. Tocá madera.

—Todos los días toco madera. Pero ni eso lo salva a uno.

Quise cambiar de tema, pero no pude. Protegido por la luz de la lámpara, Tiburón habló durante un cuarto de hora de la muerte. De cómo los diez adolescentes ingenuos en ese living, recién aprendiendo de la vida y seguros de su inmortalidad, terminarían algún día bajo tierra, el tiempo carcomiendo sus pieles y huesos hasta que no quedara nada, nada más que la nada. Tenía los músculos del rostro tensos, la mirada de alguien convencido de su verdad y dispuesto a predicarla a toda costa. Era un contraste tan fuerte con el Tiburón del resto de la noche que creí que se estaba burlando de mí, rito de iniciación del nuevo Supremo.

—Nada más que la nada —me repitió, antes de terminar su chuflay. Cuando salimos a la calle, la lluvia arreciaba y los relámpagos sacudían el cielo. Tres o cuatro paraguas aparecieron. Tiburón se perdió bajo el suyo y, sin esperar a nadie, se dirigió corriendo a su auto. Nadie pareció sorprenderse de su actitud. Fuimos en busca de nuestros autos a paso apurado.

Al día siguiente, cuando Wiernicke me preguntó qué me había parecido mi primera noche en el grupo, le conté mi conversación.

—No le hagas caso —me respondió—. A todos nos tiene aburridos, que la muerte aquí, que la muerte allá. *Fucking death.* La culpa la tiene su abuelo, que lo llevó a ver películas de guerra hasta el cansancio. Si se va a duchar, cree que se va a electrocutar. Si se sube a un avión, está seguro que se va a caer. ¿Te imaginas si le hiciéramos caso? Si uno cree que se va a morir el minuto siguiente, ¿para qué la vida?

—Me dijo algo de su papá.

—Jamás lo conoció —Wiernicke esbozó una media sonrisa—. Desapareció en su infancia. Tiburón creció con su mamá y sus abuelos. Su abuela me contó que un día, cuando era niño, Tiburón leyó de un accidente de aviación en Santa Cruz, y se le ocurrió que su papá viajaba ahí bajo nombre falso. Se lo repitió tantas veces que terminó por creérselo.

—¿Desapareció? ¿Así y punto?

—Parece que estaba lleno de deudas, y que para pagarlas desviaba dinero del banco en que trabajaba. Lo descubrieron, y él se escapó. Nunca más se supo de él. Ojo, lo que te cuento son rumores, no hay nada seguro.

—¿Y quiere que le hagamos caso? Me refiero a eso del accidente.

—En el fondo, creo que ni él se hace caso.

Me quedé intrigado. ¿Cómo sería crecer sin un padre? ¿Era posible inventarse uno? ¿Y qué habría sido de mí sin papá para enseñarme a jugar tenis o comer tomatada de sardinas con queso roquefort, para llevarme al estadio a ver perder al Wilstermann, para responder a mis tontas preguntas sobre las mujeres, ese misterio que me intimidaba hasta la parálisis? Yo había tenido suerte. Sin embargo, las palabras de Wiernicke me sirvieron para entender mejor a Tiburón, al menos inicialmente. Tiburón era un mujeriego acabado, un cruel rompecorazones que vivía para seducir a las chicas más cotizadas de Cochabamba, aquellas que me hacían tartamudear apenas me saludaban, y para dejarlas una vez seducidas. Lo veía en el *Mashmelo* o en El Prado, del brazo de su pareja de turno (botas de cuero, apretados Levi's, le gustaba que se vistieran así), y me decía que era imposible asociar la muerte con él. Incluso llegué a pensar que usaba ese tema para sus conquistas. Al mencionar la muerte de su padre y hablar con tanta insistencia y angustia de su miedo, se mostraba frágil, abierto a los duros embates del mundo. ¿Qué mujer no quisiera esconderlo entre sus brazos y decirle que no tuviera miedo, ella lo protegería?

A principios del siguiente año me fui a estudiar antropología a *Berkeley*, y, por cuestiones monetarias, no volví durante cuatro años. Los veranos, trabajaba como ayudante de investigación de algún profesor, para ahorrar los billetes que me ayudarían a continuar mis estudios (el dinero que recibía de mis papás no alcanzaba, pero no quería pedirles más: era más que suficiente que hubieran aceptado mi extravagante vocación). A través de cartas y llamadas esporádicas, me enteraba de los diversos caminos tomados por los Supremos, de matrimonios y amores y estudios. Lafforet se fue a vivir a Miami, Daniel a la Argentina, Corto Maltés se casó con su vecina, Wiernicke dejó la universidad y consiguió un excelente trabajo en la cervecería de su abuelo. ¿Tiburón? Sus amoríos eran cada vez más desenfrenados, los líos en que se metía pronosticaban un futuro en el que un novio o esposo, o una mujer despechada, pondría un revólver en su sien y dispararía. Y yo preguntaba por todos, pero debía reconocer que era la vida de Tiburón la que me fascinaba.

Cuando volví, un verano (verano aquí, invierno allá), habían aparecido en la ciudad muchos edificios al lado de iglesias coloniales y derruidos conventillos de principios de siglo, y las calles estaban limpias y los parques muy verdes, aunque los nombres de los políticos que adornaban sus paredes seguían siendo los mismos. Mi cuarto había sido ocupado por mi hermana menor, los posters de Bjorn Borg y Maradona habían dado paso a los de Sting y Bon Jovi, y terminé compartiendo la cama con mi hermano. Mis papás habían envejecido (mamá en una lucha desesperada contra las arrugas, ahorrando para hacerse un *lifting* con un médico cruceño), pero todavía estaban jóvenes, y no sentí la necesidad, la urgencia de pasar mis vacaciones con ellos. Tenía tres meses para disfrutar, y quería a mis amigos y a la noche que tanto había extrañado. Pero los Supremos habían bifurcado sus caminos y sólo quedaban unos cuantos en circulación. ¿Qué motivaba a la gente a casarse tan joven? ¿La costumbre, la inexperiencia, la falta de cosas que hacer en Cochabamba, el amor? Hasta Wiernicke estaba de novio, y había pasado a formar parte de esos grupos de parejas estables que se reunían los viernes y los sábados por la noche para jugar *Pictionary* o *Trivial Pursuit* y para hablar de los demás, de los amigos y de los que no lo eran, los casados y los solteros, los fieles y los infieles, los que se recluían en sus casas a ver videos y los que, como yo, todavían encontraban divertido caminar por pasillos de discotecas oscuras con un vaso de whisky en la mano, el turbio olor de los cigarrillos impregnándose sin descanso en la ropa, las miradas furtivas que podían terminar en moteles o en altares o en ningún lugar.

Por suerte, todavía podía contar con Tiburón. Me venía a buscar al atardecer, en un BMW verde con la carrocería desportillada, y me dejaba en casa en la madrugada. Había engordado un poco, se había dejado crecer bigote y patillas, usaba chamarras de cuero negro, veía dibujos animados con admirable fervor (el gallo Claudio era su favorito), y le hacía a la marihuana y a la cocaína. Estudiaba economía en la San Simón, aunque casi no iba a clases. Salía con Carmen, una morena que le llevaba cuatro años, divorciada y con un hijo de ocho meses, y muy original, le había regalado Harry el Sucio en su primera cita (un cocker spaniel color ceniza, cojo de nacimiento, muy cariñoso, dispuesto a lamerte al menor descuido). Ella era la oficial: en tres meses supe de ocho aventuras, e imagino que hubo algunas de las que no me enteré. En todo caso, Tiburón parecía feliz.

Parecía. Una noche fuimos a la inauguración de una discoteca, *Utopía,* en la avenida América, Carmen me consiguió una amiga y Tiburón me dijo que ésa era la última vez, yo debía conseguirme parejas por mi cuenta. Estábamos en una mesa en el segundo piso, envueltos por el humo de colores que olía a plástico quemado y salía de unos tubos en el techo, la voz de Prince atacándonos desde los altoparlantes, *When Doves Cry.* Carmen y Flavia fueron al baño, Tiburón hizo un comentario crudo sobre la necesidad de las mujeres de ir de a dos al baño, rió con una franca carcajada y yo hice lo mismo. Tiburón alzó su Etiqueta Negra y brindó por nuestra amistad.

—Por nuestra amistad —repetí, y acabé mi vaso.

—Y mejor apurate en largarle los perros a Flavia.

—¿Tan pronto?

—*She's ready.* Si te tardas va a pensar que eres un gil. ¿En qué siglo estás, papá?

Tiburón se entretuvo en mirar a una rubia de minifalda de cuero negro, *la hermana de Horacio está punto caramelo,* y de pronto su sonrisa se borró y me miró como la noche en que lo conocí, los desorbitados ojos de fanático, y me dijo, estrujando una servilleta:

—Sí, ya sé lo que piensas. Que soy un *fucking son of a bitch.* Pero lo hago por el bien de ellas. No quiero que se aferren a mí. ¿Te imaginas compartir tu vida con alguien y de pronto, de la noche a la mañana, que ese alguien desaparezca? ¿Qué haces? ¿Qué mierdas haces? No quiero que nadie pase por lo que le he visto pasar a mi vieja.

Iba a decir algo cuando Carmen y Flavia volvieron. Flavia tenía las piernas largas y la cara dulce, aparentaba los diecisiete años que tenía.

—Qué silencio —dijo Carmen apoyando una mano cariñosa en la rodilla derecha de Tiburón—. No nos digan que interrumpimos algo. No nos digan, porque ni modo, ya lo interrumpimos.

—Hablaba de la muerte —dijo Tiburón en un tono solemne, y pensé que se trataba de una broma, y creo que Carmen también pensó lo mismo, y ambos sonreímos, pero Flavia no, y le preguntó qué específicamente de la muerte. Fue suficiente: acompañado por la voz irónica de los Pet-Shop Boys, sus dedos jugando con los hielos de su whisky, Tiburón nos habló de tías y abuelos que acababan de morir, de periódicos que debían aumentar las páginas dedicadas a la sección de crímenes y a las necrológicas, de un mundo en perpetuo estado de desintegración, los cadáveres superando a los nacimientos en hospitales, a los signos de renovación de la vida en los parques. Y ya no era broma: había muerte dondequiera posara uno la mirada, Cochabamba era un inmenso cementerio, el mundo era un inmenso cementerio, y el siguiente sería él, acaso un camión nos esperaba en la próxima curva, las calles eran tan angostas, o acaso su madre, tan distraída, dejaría esa noche la llave del gas encendida, qué tonta manera de morir, asfixiado, o acaso un rayo en la tormenta o un incendio en la madrugada, los pinos de la casa eran el sueño mojado de cualquier pirómano. Carmen tenía una expresión de desgano, había escuchado ese rollo ya muchas veces y parecía vacunada. Flavia sonreía, incómoda, como atrapada en un vestido de novia frente al altar, y sin saber qué decir después de las palabras del cura.

—Ya que vamos a morir —dije, tratando de aligerar el ambiente—, será mejor que lo hagamos después de bailar un rato.

Carmen y Flavia rieron y asintieron. Nos dirigimos a la pista de baile. A mi pesar, me sorprendí más tarde persignándome, bailando junto a tanta gente que hacía mucho que había iniciado la corrupción de su carne y no lo sabía, una pasada rápida de mi mano derecha por la frente y el pecho, que nadie me viera, sería ridículo.

—Haces bien en persignarte —me dijo Tiburón al sorprenderme, bailaba a mi lado con Carmen—. Mejor estar preparado.

No pude más y, en plena pista de baile, sin soltar a Flavia, Air Supply en los parlantes, endilgué a Tiburón una parrafada llena de lugares comunes, acerca de lo hermosa que era la vida, con sus auroras y crepúsculos y ruiseñores y los jazmines en flor y nuestra juventud y las tantas cosas que todavía nos quedaban por descubrir, mujeres y películas y países exóticos, y le dije que la muerte era un hecho natural que llegaría cuando tuviera que llegar, y que mientras tanto había que disfrutar de la vida, emborracharnos y abrirnos a nuevas experiencias. Me miró sin soltar a Carmen, movió la cabeza con incredulidad, y me dijo:

—No entiendes. Pensé que sí, pero no. Allá tú.

Me hubiera gustado agarrarlo a golpes hasta que aceptara su estupidez y me prometiera jamás volver a tocar el tema. No lo hice. Sabía que nada lo sacaría de su torpor. Se me ocurrió que lo suyo, equivocado o no, era sincero. Seguimos bailando, yo mecánicamente hasta que de pronto sentí los labios de Flavia en los míos, y cerré los ojos acompañado por Pink Floyd, *so you think you can tell blue sky from pain, heaven from hell...*

Al llegar a casa esa noche, mis pasos me llevaron al cuarto de mis padres, oloroso a menta, mamá y sus cremas y los denodados esfuerzos por detener el paso del tiempo, o al menos disminuir su velocidad. Papá roncaba y mamá parecía perdida en un sueño plácido, que seguro mezclaba

un vívido incidente de su infancia con uno olvidado del día anterior. Me quedé mirando a esos ex-
traños conocidos un buen rato, velando su sueño,
y sentí, por primera vez, que había transcurrido cuatro años sin su compañía. Tuve miedo de lo que
vendría, de mi pronta ausencia y de la acelerada
forma en que llegaría, para ellos, la edad de los huesos resquebrajándose como polvo y los traicione-
ros ataques al corazón y el cáncer invisible trepan-
do con sigilo por órganos inermes. ¿Dónde estaría
yo, en qué casa prestada del Norte me sorprendería un ominoso llamado telefónico?

— ¿Qué pasa, hijito? ¿Estás borracho?

—Nada, mamá. Entré a despedirme. Buenas noches.

En el mostrador del LAB en el aeropuerto,
mientras Flavia me ayudaba a despachar mis maletas a una muchacha con una cicatriz en la mejilla
derecha, y mamá hacía esfuerzos por contener el
llanto, Wiernicke se acercó a despedirse de mí y me
dijo que quería hablar en privado. Fuimos al baño,
en el que un ambientador de pino silvestre no era
rival para tazas impregnadas de orín. Wiernicke
encendió un cigarrillo turco.

—No quiero meterme en tu vida —dijo—.
Tú sabrás lo que haces. Pero tampoco quiero que-
darme sin decírtelo. Fuiste un boludo en juntarte
tanto con Tiburón.

— ¿Por qué? —respondí a la defensiva—. Me
parece un tipazo, contigo en las buenas y en las malas.

—Ya nadie lo soporta. Has hipotecado gratis tu buena fama.

—Vengo de vacaciones, ustedes están en la suya, él es el único que me da bola, ¿qué quieres que haga? Además, me preocupa. Lo veo tan...

—A ti te ofrecen el obelisco y capaz que lo compras. Es un farsante de mierda. Lo suyo es disco repetido, una excusa para seguir haciendo lo que le da la gana. Si tuviera tanto miedo como dice, no subiría jamás a un avión. No estaría metiéndose con una y otra y arriesgándose a que alguien le vuele los sesos. Pobre Carmen, tan buena gente y la hace quedar como la boluda más grande que pisó la tierra.

—Pero...

—Y si es verdad, ojo, si es verdad, sólo un tipo tan creído como él puede quererse tanto como para tener tanto miedo a que le caiga un rayo una noche de tormenta.

Recordé esa lejana noche en casa de Wiernicke, cuando lo conocí, los relámpagos iluminando el cielo cargado de nubes, y recién entendí por qué Tiburón había corrido a su auto.

—O sea que, de una forma u otra, es un tipo que no vale. Creí que era tu amigo.

—Era. Hasta que me enteré que me puso cuernos con mi chica. No, la de ahora no. Flavia.

—¿Flavia?

—Fue hace tiempazo.

—Pero si es una niña...

—Tu suerte es que no vives aquí. Las chicas tienen tanto apuro en casarse, que a partir de cierta edad sólo puedes elegir entre divorciadas o colegialas. Flavia tenía quince cuando la conocí. Vivísima, yo estaba de ida y ella ya había vuelto tres veces. No estuvimos mucho, ni dos meses. Pero igual.

—De... debiste habérmelo dicho antes... Lo mío no es nada serio, hemos quedado en que me subo al avión y se acaba la cosa...

—No me tienes que dar explicaciones. El problema no es contigo. Bueno, ya está hecho, ¿no? Tus viejos te deben estar esperando.

En el 727, recostado en una almohada y con un bebé llorando a mi lado mientras su mamá se ensimismaba en una novela de Isabel Allende, me dije que entendía la rabia de Wiernicke, pero que a la vez creía que Tiburón era algo más complicado que un simple farsante. Me pregunté qué lo había llevado a ser como era. ¿El papá desaparecido? ¿Las películas de guerra que su abuelo lo había llevado a ver? ¿Algún hecho de la infancia que ni siquiera él recordaba? Era inútil, no habían fórmulas para descubrir el entreverado camino que nos llevaba a nuestras más profundas obsesiones, el mismo hecho podía dar lugar a formas de ver la vida opuestas y contradictorias. El bebé me tocó con una mano pringada de caramelo, vi las lágrimas discurrir por sus mejillas y reapareció la imagen angustiada de mi madre en el aeropuerto, su llanto imparable al despedirse de mí. Me consolé pensando que, al menos, yo no era como Tiburón. No, yo tenía otras angustias. Lo mío no era el miedo al fin definitivo, sino el camino que conducía hacia ese fin, las pequeñas y cotidianas pérdidas que daban origen a la nostalgia, los días que pasaban y nos envejecían, los amigos que ya no eran tales, el fútbol que se había convertido en béisbol y básketbol, Maradona y Borg transformados en Bon Jovi, el verano que era invierno allá y viceversa. Tiburón, lo sospechaba, había despertado ese miedo en mí. Eso era lo que me ataba a él, lo que sólo yo parecía haber visto en él, o al menos eso creía.

Después de esa vacación intenté ir a Cochabamba al menos dos veces al año, para las navidades y en los veranos. Era mi forma de aferrarme a aquello que era mío pero ya no lo era, la ciudad cada vez más llena de edificios al lado de iglesias y conventillos, era mi forma de aliviar la culpa de no acompañar a mis padres en su vejez, de no compartir más tiempo con mis hermanos. Había pensado muchas veces en volverme definitivamente, pero, ¿qué haría un antropólogo en un país de políticos y comerciantes? No quería frustrarme como tantos otros con una vocación cultural, condenados a abrir restaurantes o video-clubs para sobrevivir.

En esas vacaciones yo estaba con Jennifer, una californiana pelirroja con el tatuaje de una mariposa en el cuello y una mezcla rara de religiones en la cabeza, el New Age de la mano del misticisimo hindú y todo ello sazonado con un taoismo aprendido en *La guerra de las galaxias,* Jennifer que no sabía de mi enfermiza timidez y quizá por eso no tuvo problemas en aceptarme, primero como *boyfriend,* luego como *roommate,* después como esposo, yo siempre fiel a la causa y además orgulloso de serlo. No volví a salir con Tiburón, pero no dejé de estar al tanto de su vida cada vez más sórdida, de drogas y borracheras e infidelidades y trabajos que no eran tales.

—Es un farsante —repetía Wiernicke con el tono de odio que guardamos para los amigos íntimos que nos fallaron—. Resulta que muchas de las aventuras por las que lo admirábamos eran mentira. Patricia dice que jamás se acostaron, Raquel, que no salió con él ni en pelea de perros. Acepto que nadie tiene su historial, pero ya me parecía sospechoso que se hubiera agarrado prácticamente a todo Cocha. Un poco más y según él se las había cogido hasta a nuestras mamás.

El hecho culminante ocurrió cuando Flavia, su pareja del momento (!!), lo encontró, gracias a un llamado anónimo, con la esposa de un futbolista de la selección nacional en la cama de un motel en el camino a Sacaba, un lunes por la mañana. Tiburón desapareció durante seis meses y cuando volvió sorprendió a todos anunciando su casamiento con Flavia. Recordé la cara ingenua de Flavia cuando Tiburón predicaba su evangelio en la discoteca, años atrás, y me pregunté si Wernicke tenía razón y si yo también había sido un ingenuo. Se me ocurrió que una cosa no excluía a la otra, que pese a ser un farsante, o porque lo era, Tiburón me había enseñado a ver cosas que gente más apegada a la norma no había podido. El casamiento fue en privado. Pese a todo, le deseé lo mejor, aunque en el fondo sabía que no tardaría en volver a las andanzas.

Esa fría mañana de febrero en Berkeley, después de recibir el llamado de mi hermano, lavé la taza de café y los platos de la noche anterior. Jennifer dormía. Me dirigí al living y me senté en el viejo e incómodo sofá negro, devorador de monedas y lapiceros. ¿Qué sería de Harry el Sucio, quién cuidaría de él? Harry, el cocker spaniel cojo que, de acuerdo a Tiburón, podía presentir sus orgasmos, y comenzaba a aullar en un tono lastimero, patético, en el preciso momento en que Tiburón sentía que emprendía el camino sin retorno. ¿Qué diría la justicia cósmica del destino del pobre Harry, acaso la calle o una deprimente perrera o una tía compasiva?

Sentado en el sofá, pensé en los nudillos destrozados de Tiburón, en Harry el Sucio y en los rumores que seguro estarían circulando en Cochabamba, en el murmullo acusador que hablaba de una justicia cósmica. Recordé a los diez Supremos de aquella noche en casa de Wiernicke, y pensé que no se trataba de justicia cósmica. Lo único que había hecho Tiburón era enfrentarse a las sombras antes que los demás, dar el paso definitivo hacia ese lugar que tanto temía pero que acaso, uno nunca sabe, deseaba, el paso que todos nosotros, recién aprendiendo de la vida y seguros de nuestra inmortalidad, daríamos en un orden que desconocíamos, quizá jóvenes o quizá no tanto, el próximo Lafforet o quizás Wiernicke o quizás yo, probablemente después pero tal vez antes de papás que no cesaban de roncar y mamás con cremas olor a menta en las mejillas arrugadas, un día que no sospechábamos, en invierno o en verano —en el invierno que era verano—, quizás la noche después del segundo matrimonio de un amigo o la mañana en que decidiríamos jubilarnos para dedicar más tiempo a los nietos, en una geografía acaso muy conocida o inesperada, en el lugar del nacimiento o en Berkeley o en un crucero en el Caribe (un hueso de pollo que se nos atraganta, tan peligrosa la comida en los barcos), hasta que terminaríamos algún rato todos bajo tierra, el tiempo carcomiendo nuestras pieles y huesos hasta que no quedara nada, nada más que la nada.

El informe de los ciegos

A Álvaro Mutis, por un mediodía en San Jerónimo

Echada sobre una impertérrita toalla azul en el jardín, azul de los ojos de las sirenas después de una noche procaz, una tanga carmesí y el top con actitud de culebra hierática sobre el pasto amarillento en el resplandor del seco verano, desfazedor de cucardas y begonias sin riego, Alba piensa en los diecisiete signos que recibió de Marcos antes del fin definitivo, de la huida cobarde, de la puñalada rastrera, hombres necios que acusáis. Sostiene en la mano derecha surcada de lunares (dos anillos comprados en la esquina del Correo) un libro de Álvaro Mutis que enfrenta portada y contratapa a la perversidad de los rayos del sol. Un libro en el que ha recalado en la página setenta y cuatro, dos frases leídas y releídas como invocación talismánica, como conjuro para evitar visitas de ángeles o demonios. *Hay una monotonía del crimen que no es aconsejable frecuentar ni en los libros ni en la vida. Ni siquiera en el mal consiguen los hombres sorprender o intrigar a sus semejantes.* El tiempo avanza, coloca sombras en las porosas paredes de la casa, la lectura no. Hay una cacatúa amazónica en la parte central de la toalla, blanca como los ojos de las sirenas antes de una noche procaz. La materia oleaginosa del bronceador Coppertone brilla en los senos escasos (promontorios desganados), en el abdomen en que desfilan las costillas, en los nubiles muslos ayer rosados y hoy mate, de piel restregada por aceitunas. La pelota de playa con la que su hijo alardeaba de Etcheverry está tirada en el centro del jardín, equidistante de las paredes medianeras y de la pieza de invitados y de la piscina de aguas trémulas y templadas, casualidades geométricas, o quizás no, quizás todo es intencional y sólo ocurre que no sabemos leer los signos, las nubes pálidas que originan tormentas, las miradas fraternas que desembocan en crímenes, los vientos alisios que no vacilan en llevarse poblados, los te amo de Marcos como una arrulladora salmodia. La pelota de playa emite destellos de colores, truncos arcoiris como réplica al sol en el aire estancado del mediodía, aire de moscas en torbellino y libélulas vertiginosas y colibríes de aleteo voraz. Alba siente la fragancia de la q'ilkiña plantada por su madre hace tanto ya, antes de la insuficiencia respiratoria que la condujo a una sepultura de losas húmedas, a un mausoleo de mármol resquebrajado y flores agonizantes. Alba siente la fragancia de la q'ilkiña, mas no escucha el tráfago asordinado de la cortadora de pasto del vecino (Black & Decker), que de rato en rato se tranca, cuando encuentra piedras o caracoles camuflados entre las hierbas, caracoles originados de la nada en la noche, para tomar posesión del jardín a la hora del rocío, para que les ladren los perros y los pisen los que alardean de eximios futbolistas y los reduzcan a baba las cortadoras de pasto. *Ni siquiera en el mal consiguen los hombres sorprender o intrigar a sus semejantes.* Alba se ajusta la tanga, apenas una línea que parte las nalgas y quiere visitar el ano receloso, un triángulo isósceles que deja vello púbico al descubierto (la pertinaz rebeldía de lo capilar), habrá que rasurarse mejor, ya pasó la temporada de las fantasías de Marcos, nunca más la vagina intonsa. ¿Y si se sacara la tanga? ¿Y si ofreciera su desnudez acabada a los lánguidos dioses del mediodía? El bronceado perfecto, la piel sin artificiales líneas divisorias, sin el color gallináceo alrededor del monte de Venus. Mejor no. Néstor ya no es tan niño, le puede causar algún arrebato, algún trauma que emergerá diecinueve años después, en la noche de bodas en un aséptico hotel, o quizás antes. Ya era suficiente con mostrarle los senos, aunque no se diera cuenta de ellos. Alba espanta una mosca con el libro, pasa una página sin darse cuenta, comienza a leer la página setenta y tres, la lectura fluye durante veintiún renglones. *Pero lo que más me llama la atención en este caso, así como en todos los que han costado la vida a hombres que ocupan un lugar excepcional en las crónicas, es la completa inutilidad del crimen, la notoria ausencia de consecuencias en el curso de ese magma informe y ciego que avanza sin propósito ni cauce determinados y que se llama la historia.* Recuerda la costumbre de Marcos, leer libros con un lapicero en la mano, subrayar las palabras desconocidas. Hubiera subrayado *magma.* ¿Por qué a los escritores les costaba tanto hablar como la gente? *Magma informe y ciego.* Luego la mirada desconoce los insectos negros posados en el papel quebradizo, industria nacional, libro pirateado, pobre

Mutis, a Marcos no le gustaba Mutis, muy lírico, decía, sus novelas no son novelas. La mirada desconoce los insectos negros en el papel quebradizo. ¿Qué sentido quiere formar esa atrevida suma de rayas, esa tinta en zozobra? Un caza cruza el cielo celeste dejando una estela a su paso, un filamento de plata que incendia el sol y difumina el tiempo, un caza cruza el cielo y asusta con el trueno de sus motores a vencejos de pecho palpitante y palomas orgullosas sobre tejados henchidos de deyecciones. ¿Qué sentido? ¿Cuáles los signos a interpretar, y cuáles no? ¿Cómo distinguir entre la apa- riencia y el ser? Era muy fácil con Marcos. Tan fácil, que era difícil. Alfileres en la piel, ahora, acupuntura de verano. Debía entrarse pronto si no quería una noche insomne, despatarrada en la ancha cama de dosel gótico, el cuerpo en vigilia, inventando caligrafías redentoras para ahuyentar el dolor de la epidermis escaldada. Ya sería la hora del almuerzo. El grito destemplado de su hijo. ¿Habrá tocado la olla hirviendo? ¿Uno de sus dedos escurridizos en el enchufe, como ayer? Silencio. La cortadora de pasto, reptando en busca de caracoles. Tan fácil, que era difícil. El primer signo, antes de conocerlo: la rubicunda mujer de las cartas del Tarot le había dicho que conocería a un hombre rubio y apuesto, y que debía evitarlo *como si se tratara de la peste bubónica.* Alba solía creer en vidas trazadas en las líneas de las palmas, en la borra del café, en las hojas de coca que los yatiris tiraban al suelo, en la tenebrosa alineación de las cartas. ¿Por qué esa vez no? Después, el día que lo había conocido: martes trece (el cielo se caía en un aguacero de espanto). Solía ser supersticiosa, eludir gatos negros o espejos trizados o escaleras colocadas al descuido en las aceras, para que transeúntes apurados fueran víctimas de sus sortilegios fúnebres. ¿Por qué esa vez no? Tres, las estrellas: Aries y Cáncer, de acuerdo a los libros más prestigiosos (el de Linda Goodman en especial, de cubiertas rojas y páginas estrujadas de tanto circular entre amigas solidarias, miembros de la logia más antigua del planeta), eran incompatibles. Ella leía el horóscopo todos los días, interpretaba el carácter tornadizo de las personas de acuerdo a una arbitraria combinación en el desparramo de estrellas tiritantes en el cielo. ¿Por qué esa vez no? ¿Por una superstición mayor, creer que *el amor todo lo puede?* Así le había ido. Cuatro, su tortuoso pasado de conquistador afiebrado, su monótono estilo de afirmarse en su hombría. Cinco, la vez que le dijo, recostado en su regazo en el living de la casa, ahogados en penumbra (gatos en celo correteando en el jardín), *ni se te ocurra soñar en un futuro conmigo. No nos incumbe más que disfrutar del presente.* Sí, lo sabía, pero. Ah, que te hubieras escapado en el instante de tu plenitud mayor. ¿Qué decían los libros al respecto? ¿Qué decía Mutis? Mejor dejarse vencer, no intentar más la lectura. O intentarla de otra manera. Sus ojos pasaron a la página setenta y uno. *Todo curiosamente se va ajustando, serenando. Las incógnitas sombrías que se alzaron al comienzo del viaje se han ido despejando hasta llegar al escueto panorama presente.* Néstor volvió a gritar. Algarabía del dolor. Acaso la cocinera había convertido la cocina en una sala de torturas (era sobrina de un paramilitar de García Meza), o acaso Néstor estaba dispuesto a visitar el mausoleo de la familia en la edad temprana, cuando los signos no se prestaban a múltiples interpretaciones. *Había que llevarle rosas a mamá.* Seis, a Marcos no le gustaban los niños. Una vez, había estado a punto de ahorcar a un vecino que no cesaba de llorar después de encontrar a su loro despellejado por su pastor alemán. Lo encontraron haciéndole al niño un nudo ciego en el cuello, con su cinturón de cuero de cocodrilo (el cuello de un color poético y religioso, púrpura intenso). Siete, el día en que cumplían un año, le dijo en el balcón de un hotel en Santa Cruz —el crepúsculo tornasolado, una humedad de escarnio en el cuerpo—, *jamás abandonaré a mi esposa.* Ocho, el corolario: Marcos era casado, y ni siquiera procuraba esconder su anillo, prematuro en su oxidación, bailarín en su dedo. Los hombres interesantes eran cazados pronto. La caza de amor era de impaciencia. Nueve: Marcos hablaba mal de las madres solteras. *Por supuesto, no me refiero a ti. Pero tanto libertinaje amenaza nuestra cohesión social.* Diez, miraba a Iris, su mejor amiga, con ojos alucinados, de creyente asistiendo al milagro de la licuefacción de la sangre, y buscaba excusas escleróticas para hablarle. *Esa tu cartera, ¿es de cuero de cocodrilo, como mi cinturón? Es un buen cuero, el de cocodrilo. No lo cambiaría por nada.* Alba se tocó los senos, tan ínfimos como los de un adolescente. Iris era hermosa, y tenía los senos inmensos y erectos, implacables circunferencias ingrávidas, ante las que Galileo jamás hubiera podido

decir *Eppur si muove*. Y ya se sabía que los hombres.
La fragancia de la q'ilkiña. El rumor tembloroso de
la cortadora de pasto. El grito filoso de Néstor. Una
mosca atrapada en el fango de la piel aceitada y de
aceituna. El luminoso arcoiris de la pelota de playa.
La evanescente ruta del caza. La tanga intrépida.
Todo curiosamente se va ajustando, serenando. Alba
se sacó el mínimo pedazo de lycra. Asomó el monte de Venus, sitiado por la piel blanquecina, casi
descolorada. Debía darse un chapuzón antes de regresar al mustio olor de la biblioteca de papá que se
esparcía por todas las habitaciones de la casa, al aire
que no sabía de vencejos ni de palomas ni de cielos
tiritantes en los que se podía avizorar el futuro. El
alma temblorosa. El cuerpo para *voyeurs ausentes*.
Once, al ir a buscarla borracho a casa de Iris, les había propuesto un *menage-a-trois*. ¿Cohesión social?
Había tolerado tanto doble standard. ¿Todo lo podía el amor? Los signos estaban ahí, a la espera de
su interpretación literal. Página setenta. Se puso a
leer los renglones impares. *conceder la felicidad sin
sombras. No puedo pensar ble que la abandonase por
razones articuladas con cendentes, antes enfrentados
con la mayor habilidad en la trampa. A veces pienso,
con desolado furor, si ya no estaba preparado para
manejar esa fuente de respuesta adecuada para prolongar semejante estado.* Sí, estaban ahí. Ahora era
fácil, pero en ese entonces no tanto. Los signos obvios, escondidos en un bosque de te amos, de regalos extravagantes —perlas del mar de los Sargazos,
faisanes que correteaban una semana en el jardín
antes de que fueran regalados al zoológico, o se

ahogaran en la piscina—, de llamadas tiernas y lascivas a las tres de la mañana, de llanto desconsolado cuando ella amenazaba con dejarlo. ¿Es que una se enamoraba del hombre equivocado precisamente porque se trataba del hombre equivocado? No valía la pena generalizar. No se trataba de nadie más que de Marcos, de su voz metálica y de su risa cantarina (risa de monaguillo cuando el padre descubre, en plena misa, la travesura del vino convertido en vinagre), de su contagiosa y errante libertad de Gaviero (a Marcos no le gustaba Mutis, sí el Gaviero. Pero el Gaviero no estaba casado). De la plenitud de su torso desnudo cuando la luz lo doraba en las madrugadas somnolientas, de la confabulación de su rostro para unir el placer y el espanto a la hora del orgasmo. De la forma torpe en que pronunciaba las *eres* por culpa de un frenillo jamás domesticado. El chillido de Néstor hizo caer el libro, diseminar las frases de Mutis en el pasto necesitado de un corte (con la máquina anacrónica del jardinero que venía una vez al mes, o con la aerodinámica Black & Decker del vecino). El chillido se detuvo de pronto, como atragantado en la garganta o en el velo del paladar o en los dientes de leche, cristales de roca en formación. Alba corrió hacia la cocina, amarrándose la toalla a la cintura. El cuerpo de Néstor estaba tirado de espaldas en el umbral. ¿Dónde estaba la cocinera? Una no debía contratar a sobrinas de paramilitares. Se hincó al lado del cuerpo tibio, se le nublaron los ojos, *no, por favor, más lágrimas no.* Tenía el cuello de la camisa roto, deshilachado. El cuerpo parecía inerte. Un pestañeo bastaba para abandonar ese mundo de veranos inclementes y caracoles destrozados y promesas falaces. Con cuidado, dio la vuelta al cuerpo de Néstor. Los párpados cerrados, la punta de la lengua atenazada por los dientes de leche. ¿Un leve temblor en las aletas de la nariz? La toalla se desanudó de la cintura, la cacatúa buscó el suelo de baldosas sin que Alba se diera cuenta. Las baldosas estaban frías en la zona de sombra, la pared medianera cayendo ominosa sobre ella, un gato caminando como artista del trapecio entre los vidrios de las botellas de cerveza y el alambre de púas que, se suponía, ahuyentaban a los ladrones (pero no: de ahí, esa lejana navidad, la insuficiencia respiratoria de mamá, al ver esa sombra sigilosa y enguantada descolgándose de la pared en busca de los regalos bajo el árbol de artificio). *Hijo. No, por favor no.* De pronto, una carcajada aguda y burlona, ya no de monaguillo sino de cura en el confesionario, al oír por vigésima vez ese domingo a un hombre o una mujer jurando fidelidad *de ahora en adelante.* El cuerpo inerte que se levanta, la voz atiplada diciendo *te asusté, te asusté, te la creíste, no me digas que no.* Alba se recuesta sobre las baldosas frías, mira al cielo sereno armarse de amenaza en un instante, piensa en los hijos que tardan en crecer. Tardan tanto. *Magma informe y ciego,* susurra. *El informe de los ciegos.* Luego piensa en el signo número doce.

La invención del marqués

a Javier Marías, por si acaso

Esa mañana, estaba en la cama pensando en Sergio mientras releía viejas cartas suyas cuando sonó el teléfono. Era Patricia, una mujer a la que conocía pero con la que no había cruzado más que saludos formales y apurados; me dijo, con voz nerviosa, que quería hablar conmigo acerca de su esposo, Marcos, y me preguntó si podía ser sincera con ella. Lo pensé un rato y le dije que sí. Ahora ya no tenía nada que ocultar —ya había perdido lo que jamás hubiese querido perder—, y de todos modos las actividades privadas de Marcos se habían vuelto del dominio público gracias a su inusual talento para la indiscreción; si algo me sorprendía era que ella hubiera tardado tanto en llamarme. Me pidió mi dirección, me dijo que vendría a las diez y colgó.

Apareció a las diez y cuarto; la hice pasar al living, y le di un vaso de limonada. Observé en silencio sus esfuerzos por tranquilizarse. Llevaba pantalones negros y un suéter rojo; era delgada y no muy alta, tenía el pelo negro y la tez mate. El mentón y las mejillas eran de líneas rectas y muy marcadas, los labios pequeños pero salidos, como dispuestos al encuentro con otros labios. No había nada fascinante por sí mismo, pero la combinación sí lo era. Pensé que ella era mucha cosa para Marcos. Pensé que yo podría, fácilmente, dejarme llevar por alguien como Patricia.

Puse en el estéreo un CD de Joaquín Sabina, *Esta boca es mía*. Mientras ella se fijaba en un cuadro de Gíldaro Antezana, uno grupo de hombres bailando a la sombra de un girasol inmenso, le pregunté si le había costado dar con la casa. Me dijo que después de llegar a la rotonda había vacilado un poco, pero que apenas vio el camino de tierra junto a la acequia se volvió a ubicar. Recordé que me había caído bien sin conocerla, cuando Marcos me dijo que ella odiaba a Kundera. Lo odiaba porque, según ella, lo esencial en una novela era el argumento y los personajes, y en Kundera ambas cosas estaban subordinadas a la reflexión seudofilosófica. Aunque *La insoportable levedad del ser* era una de mis novelas favoritas, el comentario me había llegado porque yo también era, sobre todo, una enamorada de las historias fascinantes que encontraba en las novelas y en el cine, aunque quizás no divorciaba el argumento de las ideas de manera tan tajante como Patricia.

—Marcos me habló una vez de ti —me dijo, la mirada furtiva. La miré sorprendida—. Me dijo que eras una muy buena amiga suya. Que tienes un gran talento para contar historias. Que a los hombres los envuelves y desenvuelves con tu charla.

—Ah, Marcos, siempre tan exagerado —dije, un coqueto mohín—. Me encanta una buena historia: leerla, verla, escucharla, o contarla. Pero de ahí a que los hombres caigan por... En realidad, los hombres no necesitan de una buena charla para caer. Son más simples que nosotros.

Pero era cierto que a Marcos lo había atrapado, como a tantos otros, en la telaraña tejida por mis palabras, por el tono susurrante, las pausas justas y la mirada fija en el momento de pronunciarlas. Sergio también había caído así: escuchando las anécdotas de mi vida, retocadas para él. Cómo, a los dieciséis años, me había escapado de casa y me había ido en tren a Arica, y de ahí a Londres en un barco carguero. Cómo, en mi constante búsqueda por la aventura y la felicidad, mujer que no quiere aceptar ataduras ni restricciones de ningún tipo y cuyo personaje histórico favorito es el Marqués de Sade, había dejado tarde o temprano a todas mis parejas y había ido a dar, sucesivamente, al Polo Norte, a una reservación india en los Estados Unidos, a una hacienda en las llanuras de Venezuela, a una ciudad de inmigrantes nórdicos en el Uruguay, para luego volver a Bolivia y encontrar, en la ciudad del valle donde había nacido, el amor, el sosiego y el sentido de mi vida en tus brazos, Sergio, prométeme que jamás me abandonarás, pase lo que pase, prométeme que no harás caso a los rumores y me creerás siempre a mí (y por eso Sergio ni siquiera quiere darme una oportunidad para escuchar mi versión de las cosas: porque tiene miedo a volver a ser frágil y enredarse en la telaraña que mis palabras urdirán exclusivamente para él, tono y pausas y mirada para ayudar en la construcción de una historia).

Seguimos charlando, hablamos de los gallos y los girasoles en los cuadros de Gíldaro, del

raro tono de unas violetas en seis macetas pequeñas alineadas sobre un aparador de nogal, hasta
que Patricia se sintió cómoda y me pidió que le
contara todo. Era importante para ella, dijo, pasándose la mano por la media melena, jugando
nerviosa con un rizo rebelde. Pensé en las cosas
que creemos que son importantes y que, un tiempo después, resulta que no son nada, apenas polvo
que se desvanece en el aire. Vi a través de la ventana la insólita belleza del día, me dije que tanta luz
en las buganvillas del jardín hacía olvidar las dudas
que una tenía de vez en cuando acerca de la Creación. Esbocé una media sonrisa, crucé la pierna
derecha sobre la izquierda. Luego le dije que había
sido la amante de Marcos durante dos meses.

Ella miró al suelo, y yo pensé en unas líneas
de una novela que estaba leyendo, acerca de que vivir en el engaño es nuestra condición natural, y que
no nos debería sorprender y sin embargo nos resulta intolerable. Es tan fácil engañar, cuestión de decir que uno se reunirá con los amigos del colegio,
que el dentista sólo tenía hora a las siete de la noche, que uno irá a tomar té con los abuelos (pobres
abuelos, siempre preguntándose por qué los nietos
ya no vienen a visitarlos, incapaces de imaginar en
un encuentro apasionado y secreto por la tarde a
los niños que vieron crecer y que hace tan poco co-
leccionaban estampillas con tanto afán). Hay tanto tiempo para el engaño, apenas uno se da la vuelta comienzan los planes que nos llevarán a camas
ajenas. Qué dirían nuestras parejas si escucharan
las cosas que decimos mientras ellos duermen, si

supieran de las cosas que imaginamos mientras permanecemos en silencio arreglándonos el pelo frente al espejo (ellos también hablan e imaginan, qué diríamos nosotros si supiéramos de esas cosas). El engaño es nuestra condición natural. Y sin embargo, nos sorprende. Había sorprendido a Patricia. Había sorprendido a Sergio.

Patricia se mordió los labios y luego me preguntó cómo había comenzado todo. Era hora de hablar, de ayudar a un ciego enamorado más —tantos hay, incluso entre quienes se creen, como yo, dueños de cierta lucidez que dicen que brinda la experiencia— a ver la luz.

Comencé con cautela. Le conté del encuentro casual en *Amnesia,* que había terminado con un intercambio de números telefónicos. Le dije de la llamada al día siguiente, de la cita para tomar un trago en *La Pantera Rosa,* un oscuro bar que servía de refugio para jefes y secretarias. Le dije de la charla agradable, y luego... me detuve.

—¿Y?

—Lo que sigue no es muy lindo.

Me miró con un rostro expectante, y me pidió con insistencia que continuara. Recordé que yo no era la única, Patricia me hacía las preguntas que había hecho ya a tantas amigas. Hay gente que prefiere mantenerse en la ignorancia; ella era diferente. Mis amigas me habían dicho, entre risas y gestos de asombro, que ella quería saber detalles morbosos, cómo había sucedido todo, qué palabras se habían pronunciado, qué gestos y caricias se habían utilizado, qué formas aburridas e imaginativas del sexo y con qué frecuencia, dónde se había llevado a cabo el acto animal o acaso romántico. Quería elaborar una cartografía del deseo de Marcos, ser el detective que descubriera los crímenes de su irrefrenable pasión. Pensé en regalarle un mapa de Cochabamba, para que lo colgara en su cuarto y señalara en él, con una cruz roja, los lugares en que los crímenes habían sido cometidos, para que tuviera su muy particular versión de *La muerte y la brújula*.

Entonces comencé de verdad. Fui sórdida y muy sincera, no escatimé esfuerzos en contarle de todas aquellas cosas que uno jamás quisiera saber de nuestros esposos o enamorados. Le conté lo que Sergio jamás quiso averiguar (para él fueron suficientes el rumor y la sospecha, sentir, sin saberlo con certeza, que yo le ocultaba algo: una vez instalada en él la duda, se fue de mi vida sin querer siquiera escuchar mi versión). Le conté, por ejemplo, de la vez en que Marcos se hizo llevar por ella a casa de una amiga mía, donde yo lo esperaba en la cama, desnuda y con crema y frutillas entre mis pechos. Le dije de aquel sábado en que, después de estar en la discoteca con ella hasta las tres de la mañana, la fue a dejar y fue a mi casa a buscarme: yo lo esperaba en la puerta, me acababa de hacer dejar por Sergio, y estuvimos sin dormir hasta las diez de la mañana.

Seguí un buen rato, tratando de no olvidar ninguna mentira, ninguna actitud cínica, ninguno de los instantes que revelaban de cuerpo entero al ser inmoral que era Marcos. No le mencioné los remordimientos que lo atacaban de vez en cuando, las veces que vino a mi casa y no hicimos más que charlar porque, decía, se sentiría muy mal si esa noche sucedía algo entre los dos, no podría mirarla a los ojos al volver al hogar. No se lo mencioné porque nunca terminé de creer a Marcos, esos remordimientos eran tan predecibles y tan fáciles de superar, bastaba que una nueva tentación apareciera en el camino, o que la charla lo suavizara, o que el alcohol hiciera efecto. Cómo se acumula tanto saber en una relación entre amantes, qué desnudos se revelan los seres en la oscuridad.

Callé. Pensé que era suficiente. Pero luego vi una luz rara en sus ojos, un gesto ansioso en la cara. Patricia no escondía el interés que le causaba mi narración, y quería que siguiera. Yo ignoraba cuáles eran las razones para tanto interés, pero tenía algunas ideas. Acaso no me creía, y simplemente estaba disfrutando de una historia bien narrada. O acaso me creía, pero se atrevía a aceptar que el engaño es nuestra condición natural, y por lo tanto no le sorprendía nada y sólo quería mantenerse informada de las andanzas del hombre que amaba. O, también, me creía, y aunque no aceptaba la traición de Marcos, disfrutaba de manera masoquista al enterarse de cómo había sido engañada tan minuciosamente, al descubrir cuán ciego podía ser el amor cuando se lo proponía. Se acomodó el suéter rojo, iba con el color de su tez. Recordé unas líneas de una canción de Sabina que vendría pronto en el estéreo: *Más de cien palabras, más de cien motivos/ para no cortarse de un tajo las venas,/*

más de cien pupilas donde vemos vivos,/ más de cien
mentiras que valen la pena.

No me atreví a preguntarle cuál de mis
ideas era la correcta. Ella quería que yo siguiera, y
así lo hice: difícil resistirme si alguien como Patricia disfruta de mi historia y me pide más. Soy capaz de contar los secretos más secretos para mantener el embrujo, y si no existen inventarlos. Comencé a construir un Marcos libertino a partir de
una nueva interpretación de hechos rigurosamente
ciertos. No era casualidad, le dije, que Marcos tuviera un poster de Richard Gere en su escritorio, se
saludara con un beso en la boca con su hermana
menor, tuviera tres fotos de su madre en su billetera, y no leyera a nadie más que al Marqués de Sade
(no le mencioné que yo le había regalado sus obras
completas después del primer fin de semana).

Hice una pausa para leer en el rostro de Patricia el efecto que le causaba: ella caía, se enredaba
rápidamente en mis palabras. Decidí finalizar mi
faena recurriendo a la mentira. En el colmo de la
audacia, le dije que, una vez, Marcos me había llevado al departamento de una divorciada de maquillaje excesivo y de su hija de quince años; entre
los cuatro, habíamos tratado de recrear algunas de
las escenas de *La filosofía en el tocador*. Patricia no
había leído el libro, tuve que contarle de qué se
trataba. Vi un ligero temblor en su cuerpo, pensé
que me estaba creyendo y que le hubiera gustado
estar allí, con nosotros, esa noche. Confieso que yo
también, por un momento, me olvidé de que lo
que estaba contando era una ficción, y deseé con

todas mis fuerzas que ella hubiera estado allá, con nosotros, esa noche. Me imaginé explorando su cuerpo delgado ante la mirada lasciva de Marcos, de la divorciada y su hija, y eso me dio más fuerzas para continuar. Ah, Marcos, irrefrenable Marcos que la engañaba hasta con el aire que respiraba, que jamás me había pedido que no lo tocara porque, esa noche, se sentía mal, muy mal, no le podía hacer eso a su esposa.

Acompañé a Patricia a la puerta, me despedí con un beso en la mejilla, admiré una vez más su hermosura poco convencional mientras me pedía que la mantuviera informada. Le dije que por supuesto, pronto sabría de mí, más pronto de lo que se imaginaba.

—Eso espero —me dijo, y se marchó.

Creo que se fue tranquila, muy tranquila. Al menos, ahora ya no tenía dudas; ahora sabía. Cerré la puerta y me pregunté si ella continuaría con Marcos como si nada hubiera sucedido. Si le haría una escena para esperar las disculpas que la volverían a convencer de que él la amaba de verdad. Si le pediría un muy civilizado divorcio y luego se marcharía a casa de sus padres. Si lo envenenaría en el almuerzo. No pude decidirme por ninguna de esas posibilidades; Patricia no me había dado muchas pistas, su interés al escuchar mi relato podía tener múltiples interpretaciones y preferí no apostar a nada, dejar que ella me sorprendiera en los próximos días. Cualquiera que fuera la opción que siguiera, me sorprendería.

Volví al living y busqué *Más de cien mentiras* en el CD de Sabina. Salí al jardín, contemplé la radiante hermosura del día mientras analizaba lo que acababa de ocurrir. Me acerqué a las buganvillas, arranqué una y la hice girar entre mis dedos. Pensé que me hubiera gustado conocer a un ser, hombre o mujer, como el que acababa de construir para Patricia. Un ser amoral que me diera la bienvenida a un mundo libre, donde sólo reinara el placer y no hubiera necesidad alguna de controlar la pulsión del deseo. Un ser que me hiciera conocer un territorio sin límites, más allá del engaño y la culpa. Un ser capaz de ver las cosas que hice con Marcos y no abandonarme. Sí, Sergio, no debías haberte escapado de la telaraña. Tú debías ser el Marqués y hacer lo que me prometiste en tantas cartas, no abandonarme pasara lo que pasara, no hacer caso a los rumores y creerme siempre a mí. ¿Recuerdas? Me lo habías prometido. Me lo habías prometido.

Amor, a la distancia

Anoche, mientras salía de mi departamento con dos botellas de vino tinto entre las manos, se me ocurrió, Viviana, que tú jamás sabrías de ese pequeño detalle si yo decidiera no contártelo. Las botellas de vino tinto, la sonrisa en los labios, el aire de expectativa ante la inminencia de una fiesta que prometía mucho y efectivamente cumplió: pequeños detalles que tú quizás jamás sepas, así como yo no sé de tantos pequeños detalles tuyos. Dicen que las relaciones son precisamente esas minucias que nos pasan mientras estamos ocupados haciendo o diciendo cosas importantes, y lo nuestro es una ausencia de minucias, nos contamos algunas cosas pero no es suficiente, ésa es la naturaleza de la relación a la distancia, tres o cuatro meses de hablar por teléfono una o dos veces por semana, en general quince minutos y en el mejor de los casos media hora, si tenemos suerte una buena conversación y si no los inevitables malentendidos, las frases a medias, las diferencias de tono (cómo importa el tono de voz en el teléfono, la forma es más importante que el fondo) porque a veces uno se siente muy cerca de la otra persona y la otra no y viceversa, así hasta el reencuentro y el regreso de las minucias al menos por un tiempo, hasta la próxima separación.

En la fiesta conocí a una chica española, Cristina, había llegado a Berkeley por dos semanas a visitar a su hermana. Hubo una conversación trivial, hubo un par de sonrisas sugerentes y vino tinto y cerveza, hubo el contagioso merengue de Juan Luis Guerra y de pronto, Viviana, me encontré bailando con exaltada pasión. La estaba pasando muy bien y por ese momento pude olvidar el allá y el futuro, los diversos territorios y tiempos en los que uno habita en una relación a la distancia, y concentrarme en el acá, en el ahora. Luego me sentí culpable, como siempre me siento cuando la paso bien sin ti, cuando me dejo llevar por el ruido del mundo y descubro que también puedo ser feliz en tu ausencia. Para alguien que nunca dudó de ninguno de los mitos que generaciones pasadas nos legaron acerca del amor, esa verdad produce angustia y amargura: porque uno cree literalmente en los mitos y cuando descubre el amor piensa que es cierto, uno no puede vivir sin el ser amado, sin ese ser al lado hay insomnios continuos y una desgarrada, quieta desesperación (lo que tienen que soportar las almohadas) y a veces no tan quieta. Angustia y amargura, porque uno descubre que puede vivir sin el otro ser, la impiadosa vida continúa y hay que sobrevivir, de algún modo hay que ingeniársela para construir un mundo en que la otra persona esté pero no esté, sea imprescindible pero no sea imprescindible. Y así, Viviana, nuestro gran amor se convierte en un amor más, un amor que pudo no haber sucedido aunque nosotros creamos que el destino nos tenía reservados el uno para el otro, un amor lleno de debilidades y olvidos y traiciones como el de tantos otros, un amor que después de todo es lo único que tenemos y es lo único que nos va a redimir de una vida llena de debilidades y olvidos y traiciones.

Cuando te llame el domingo, comenzarás por contarme lo que hiciste esta semana, un par de veces a comer salteñas al Prado, con tus amigas, el miércoles a las Torres Sofer con tu mamá, lo demás rutina, amor, sabes lo aburrida que es Cochabamba. Luego me dirás que me extrañas mucho y me preguntarás qué hice esta semana. Y yo también te diré que te extraño mucho y te narraré la historia de esta semana. Será una narración despreocupada, con un tono casual de voz, acaso palabras diferentes a las del anterior domingo pero siempre el mismo mensaje, por aquí no pasa nada, sin ti no pasa nada, me aburro mucho y me siento solo y no veo la hora de volver a verte. Si tuviéramos una relación libre sería diferente, podríamos contarnos las cosas que hacemos, con quién salimos y etcétera, pero el problema es que ninguno de los dos puede aceptar una relación así, nos creemos modernos pero no tanto, hemos decidido que si hay verdadero amor hay fidelidad y confianza, con nuestras palabras hemos creado un amor en el que no podemos fallarle al otro, en el que ambos valoramos muchísimo la fidelidad y confiamos muchísimo en el otro. Hemos creado una pareja que está muy por encima de nuestra realidad, y ninguno quiere ser el primero en destruir esa imagen. Es verdad que me siento muy solo y no veo la hora de verte, pero no es verdad que no pase nada (siempre pasan cosas). Te diré que el viernes fui a una fiesta, que estuve hasta temprano y pensé mucho en ti, que sentí mi soledad magnificada ante el espectáculo de tantas parejas felices juntas, amor odio la relación a la distancia pero lo hago sólo por ti, tú vales la pena cualquier sacrificio. Y es verdad que tú vales la pena, que no te quiero perder. Pero tampoco te puedo contar muchas cosas porque sin secretos ninguna relación subsistiría: imposible tolerar la verdad y la verdad y nada más que la verdad. Cómo contarte, por ejemplo, que después de la medianoche besé a Cristina en el balcón con un ardor que no sentía hace mucho. Cómo contarte que un par de horas después, en el jardín y protegidos por las sombras, Cristina deslizó su mano derecha entre mis ropas hasta encontrar lo que buscaba, y cuando lo encontró no lo soltó hasta que yo tuve que pedírselo por favor, era tanto el placer y luego el dolor. Cómo contarte, Viviana, que Cristina y yo, ebrios y olvidados de todo excepto de los dos, nos fuimos a mi departamento y allí nos embarcamos en un viaje de jadeos y temblores hasta el fin de la noche.

Pero, ¿existieron alguna vez los amores perfectos? Acaso en la relación a la distancia existan personas que actúen a la altura de las circunstancias, que piensen imposible fallarle al otro por diversas razones, acaso por amor, acaso porque no quieren fallarse a sí mismos. Es, después de todo, una prueba de carácter, de fortaleza moral. Pero la mayoría de nosotros somos bajos, no estamos a la altura de las circunstancias, la otra persona no está cerca y uno tiene tanto tiempo libre, las tentaciones acosan sin descanso y una cosa lleva a la otra y la carne es tan, tan débil. El primer paso es muy difícil, las cosas están tan frescas todavía, uno va a una fiesta y el rostro y la piel y las palabras del ser ausente están con uno todavía, por favor, prométeme que jamás me fallarás, te amo tanto tanto. Y uno se siente tan orgulloso de ser fiel, Viviana, de saberse respondiendo a la confianza depositada, seguro que tú algun rato también sentiste lo mismo. Pero después, uno se aburre y hay tanto tiempo libre, uno va cediendo poco a poco, uno llama a esa morena de la linda sonrisa que uno conoció por azar (el azar es culpable de todo, de las pequeñas aventuras, de los grandes amores) mientras aguardaba al bus, la morena de conversación superficial y nombre poético, Soledad, pero uno se olvida poco a poco de la conversación superficial y se acuerda de la linda sonrisa y del nombre poético, y una noche uno está estudiando y el estudio aburre y el teléfono tienta, por qué no, no pasará nada, charlar no es un pecado. Así, casi imperceptiblemente, se inicia la cadena de pequeñas traiciones. Con la morena no pasará nada, acaso un café (la conversación superficial) y un par de leves insinuaciones y el miedo inmenso de que esas insinuaciones sean tomadas en serio, no pasará nada pero después uno está más predispuesto para la próxima, ojalá que sea una persona muy interesante, después será el fugaz enigma de Sofía y cuando uno llega a darse cuenta del territorio en que ha ido a parar ya es tarde, ya es muy tarde.

Mis amigos dicen que en realidad no estoy enamorado, sino no sería capaz de hacer lo que hago. Sin embargo, Viviana, pienso que ya he pasado la etapa de la visión maniquea del mundo, pienso que puedo ser capaz de amarte mucho, y acaso aún más que antes, al mismo tiempo que suceden las cosas que suceden aquí. Sería acaso mucho más fácil para mí que una cosa excluya a la otra, pero no, una cosa es el amor y otra la necesidad, nuestra inherente fragilidad, la hermosa espina de la tentación, el miedo que tenemos a quedarnos solos, lo fácilmente que estamos dispuestos a desprendernos de nuestros principios por unas horas de ternura y placer, un instante de compañía. Una cosa es el amor y otra la distancia, o al menos eso es lo que creo ahora, eso es lo que quiero creer ahora, quizás cuando estemos juntos de una vez por todas y para siempre las cosas sigan así, de vez en cuando la tentación, de vez en cuando la fragilidad, tampoco es una cosa o la otra, la distancia o la cercanía, las pequeñas traiciones pueden aparecer en ambas situaciones, el amor puede continuar con pequeñas traiciones en ambas situaciones.

Y no soy ingenuo, y sé que lo que hago lo puedes estar haciendo tú también, acaso tu ida a la discoteca el anterior fin de semana, con tus amigas, haya acabado en las faldas del San Pedro, la silueta recortada del Cristo de la Concordia en la cima, con el fondo de la suave música que emanaba de la radio del auto del desconocido de ojos negros con el que te cruzaste al ir al baño, pensaste qué hermosos ojos y así comenzó todo. No soy ingenuo, y probablemente tú tampoco lo seas, pero lo cierto es que estamos atrapados por nuestras propias imágenes de lo que queremos pero no podemos ser, y no podemos decir ciertas cosas, no podemos confirmar ciertas sospechas, todo está bien entre los dos mientras no digamos en voz alta (o acaso un susurro baste) todas aquellas cosas que sospechamos y preferimos no oír. Para seguir, debemos continuar con nuestro secreto a voces. Apenas alguien abra la boca, se romperá el encantamiento.

Por eso jamás te enviaré esta carta. Preferiré publicarla en el suplemento literario de algún periódico, escudado en la ficción. Y cuando alguna de tus amigas que haya leído el cuento te pregunte cómo puedes seguir conmigo después de mis públicas admisiones, tú me defenderás y le dirás que no confunda la realidad con la fantasía, le dirás que ése es el precio de enamorarse de un escritor. Pero acaso algún rato te venga la duda, y me confrontes y me pidas que te diga con toda sinceridad si hay algo autobiográfico en ese cuento. Y yo recordaré el momento en que lo escribí, este momento, las once de la mañana en mi habitación, Cristina todavía durmiendo en mi cama, con la respiración acompasada y lejos de mí y del mundo, el perfecto cuerpo desnudo, la perfumada piel canela, y recordaré haber hecho una pausa antes de terminar de escribir el cuento, una pausa para admirar el cuerpo desnudo, y te diré sin vacilaciones que no, ese cuento no tiene nada autobiográfico, ese cuento es una ficción más, todo lo que se relaciona conmigo es, de una forma u otra, ficción.

Cuando tú no estabas

A Stella y Marilia

Apenas acababan de cenar cuando Julia se lo dijo, acaso ése no era el mejor momento pero la frase fue dicha de todos modos, con el estilo de Julia tan displicente y casual, con el tono tan neutro y tan inofensivo que en general hacía que William tardara mucho en darse cuenta de la magnitud de sus palabras:

—Espero que no lo tomes mal, pero... cuando tú no estabas, me acosté con Diego. No vayas a pensar que hubo o hay algo serio. O que cambiaron mis sentimientos por ti. Simplemente, son cosas que pasan. Sabes lo mucho que te amo.

No era ése el mejor momento, no en la noche del reencuentro después de dos meses de separación, no en ese diciembre esperado con ansias. Julia había pensado en buscar el momento apropiado para decírselo, no por ella sino por él, no por ella porque desde el primer instante sabía que se lo diría (los secretos no estaban hechos para ella), pero de pronto se encontró diciéndolo en la mesa, sucedía que a veces se fabricaban silencios incómodos y había que llenarlos de algún modo, destrozarlos sin clemencia, volverlos a incorporar al continuo bullicio del mundo. William, tan elegante en su camisa gris, una camisa no adecuada para recibir ese tipo de verdades, hizo una sonrisa que quería ser comprensiva, que quería ante todo demostrarle que aquellas palabras no lo habían desestabilizado. Treinta años ya y un aire de hombre de mundo, a esa edad uno creía que los hechos y desechos de la vida ya no sorprendían más, no se llegaba impune a los treinta años.

Pero la sonrisa era artificial, tan artificial que Julia no se dio cuenta de su artificialidad, sólo las cosas muy auténticas le provocaban sospechas de inautenticidad. William hizo un par de comentarios insulsos, comentarios de hombre de mundo, había que aparentar que la herida no dolía, que la sangre no manchaba el lago puro del amor sin pausas. William dijo una vez más que ella estaba muy hermosa, el nuevo corte de pelo le sentaba mejor, y que la elección de la música había sido perfecta, en la soledad de su departamento en Londres las canciones de los Cranberries inevitablemente le hacían pensar en ella. Pero por dentro, por dentro era otra cosa, un confuso rumor de cristales quebrados, la hipnótica repetición de algunas palabras. Al menos constataba con renovada fuerza que la amaba, si no la hubiera amado no habría dolido tanto, no habría habido ese furioso sentimiento de posesión, de buena gana se hubiera avenido a compartir a Julia con conocidos y desconocidos. Pero ella, ella no podía a la vez amarlo y acostarse con otro hombre, ¿o sí? Y recordó a Claudio, el argentino que conoció en Londres, que le aconsejaba que jamás perdonara, que se las cogiera a todas, *por si acaso, uno nunca sabe, luego te sentirás un boludo que perdió el tiempo si te enteras que ella lo hizo.* Ah Claudio, él sí era admirable, él sí era un hombre de mundo.

Después de los postres pasaron al pequeño living, ambos con un vaso de vino tinto en la mano, y se sentaron como solían hacerlo, en el suelo, sobre la mullida alfombra blanca, Lovecraft ronroneando desde el sofá e ignorándolos con estilo. Julia estaba hermosa en su largo vestido negro, el eco de sus carcajadas tardaba en desaparecer del departamento, se quedaba un buen rato acariciando las paredes, estaba feliz, muy feliz de ver a William, de estar con William, de tocar a William después de tanto tiempo.

—Tú sabes, la relación a la distancia no es en realidad relación, es un tiempo congelado que hay que aguantar, nada se compara a lo palpable. Apenas me das la espalda y te diriges al avión tus rasgos comienzan a borrárseme, y ni las fotos ayudan, las fotos también están congeladas. Y hablar por teléfono es un consuelo miserable, qué asco cuando te conviertes nada más en una voz, qué insuficiente la voz. Ahora, en cambio, dejas de ser sólo una voz ronca y una escritura apenas legible, vuelves a fluir para mí. Ya no te vas a ir de mi lado, ¿no, amor? Me prometiste que sería la última vez.

William trataba de olvidar pero era incapaz, el tiempo parecía haberse congelado en aquellas palabras, podía tocarla pero no era lo mismo, podía dejarse tocar pero no era lo mismo, podía hablar y escuchar conmovedoras frases de amor, proposiciones y promesas pero no era lo mismo, nada era lo mismo. Las cosas sucedían como si no le estuvieran sucediendo a él, él miraba desde afuera, estaba muy consciente, no podía dejarse llevar. Esa camisa gris que acababa de ser desabotonada no era suya, esos pantalones que caían tampoco eran suyos, esas manos que desnudaban a Julia tampoco eran suyas, las cosas sucedían en un estado de sopor y uno podía distanciarse de todo, dejar que otro en su cuerpo le hiciera el amor a Julia mientras él hurgaba en aquellas palabras y trataba de crear un pasado en que éstas no existieran, era imposible. Estas cosas suceden, se decía, nadie es perfecto, además dos meses son dos meses, casi nueve semanas, sesenta días, basta un descuido y listo, la soledad es mala consejera. Y ella parece realmente enamorada, parece entregada a mí de verdad, esos gestos y esa sacudida de la piel parecen inventados sólo para mí, para esta noche, para este reencuentro. O acaso son residuos de gestos y sacudidas aprendidas en la noche con Diego, ¿o fueron noches? Ah, no había estado loco cuando sospechó de Diego, tantas atenciones no eran gratis, es tan difícil decirle no a los mejores amigos. Pero bueno: estas cosas suceden y no vale la pena amargarse por ellas. Un gran amor no debería depender jamás de una pequeña aventura, que arroje la primera piedra el que no tuvo una aventura al mismo tiempo que amaba locamente a otra persona.

—Hacemos el amor y confirmo por qué te amo. No me malentiendas, nunca tuve dudas, desde que te conocí has sido tú en mi vida y sólo tú, pero es tan cruel la distancia, son tan densos los días, a veces te pensé irreal, pensé que estaba enamorada de un fantasma. ¡Y eres tan real, William, tan real que no lo puedo creer, me siento viviendo en un sueño!

—Julia —no, no podía quedarse callado.

—¿Sí?

—¿Por qué?

—¿Por qué qué?

—Quiero decir, no tenías por qué contármelo. Pudiste haberte quedado callada. Si me lo cuentas es porque no tienes miedo a mi reacción, no tienes miedo a perderme. Si me lo cuentas es porque estás muy segura de mí. Hacer algo, yo también pude haberlo hecho. Pero hay una gran diferencia entre hacerlo y contarlo. Si yo lo hubiera hecho, no te lo habría contado, habría pensado que me mandarías al diablo con toda razón y, a perderte, hubiera preferido el silencio.

—No te compliques, William, al menos no esta noche. Es cierto, pude haberme quedado callada. Pero no lo hice. Ya está, ya hablé, ya lo dije. Así soy yo, y punto. ¿No habíamos quedado en que seríamos sinceros si ocurría una de estas cosas?

—Sí, pero...

—Cumplí con lo que habíamos quedado y me siento mejor. No quería hacerlo hoy, pero estaba segura que lo haría tarde o temprano, más temprano que tarde. Qué puedo hacer, es mi carácter. Lo hecho, hecho está, y a mirar el futuro. ¿Si estoy muy segura de ti? Pues sí, estoy segurísima. ¿Y qué? Lo que importa es que te amo, ¿no? Ven, dame un beso y tranquilízate, todo está bien, te prometo que todo está bien.

En la cama, mientras ella dormía, la ropa interior de transparente seda color crema, William sentía el peso inmenso de la irrealidad del mundo. Él era un fantasma insomne, fantasma de ojos abiertos mientras Julia dormía en paz, profundamente, el vino y tanta intensidad de sentimientos y hacer el amor una, dos veces habían hecho lo suyo, él percibiendo gota a gota el transcurrir del mundo y ella durmiendo *el sueño de los justos,* durmiendo como si no fuera culpable de nada. Eso provocaba más furia, si al menos ella hubiera demostrado algún arrepentimiento, hubiera indicado con algunas palabras que lo hecho estaba mal hecho y no se volvería a repetir. Pero nada, ella dormía apacible con su vileza a cuestas (a los treinta años era cierto que uno llevaba tantas cosas a cuestas, uno tenía tantos cadáveres escondidos en el sótano) mientras él era un fantasma insomne atravesando las desoladas praderas de un fin de año que era principio de tantas cosas. Algo de culpa debía de haber en eso, él debía haber contribuido en algo a ese insomnio, a esa irrealidad. Ella estaba enamorada de un fantasma culpable y él de un cálido cuerpo de intolerable inocencia.

Y tan cálido el departamento, afuera hacía tanto frío. Las copas de vino todavía en el living, el olor de la cena que Julia había preparado para él todavía impregnando el recinto, camarones al ajillo, ella cocinaba bien, los pasos sigilosos en la oscuridad, las cortinas de la ventana de la habitación inmóviles, la cuerda de las cortinas oscilando levemente, la puerta que se abría y cerraba, el ascensor, afuera hacía tanto frío, el olor de la cena. Mariscos, había dicho ella, para que me aguantes toda la noche, porque mucho no te voy a dejar dormir. Y era cierto, no lo había dejado dormir pero no por los mariscos, en cambio ella sí había podido dormir, qué envidia, desde la infancia había algo que lo perturbaba en las personas que dormían cuando él estaba despierto. Cuando sus padres dormían y él no, cuando sus hermanos dormían y él no, había algo que lo impulsaba a despertarlos, ellos no podían ausentarse de esa manera, irse a otro territorio y dejarlo con los ojos abiertos, no era justo. Velar el sueño de los otros era tierno pero a la vez cruel, costaba ser testigo del paso del mundo mientras para otros ese mundo les era indiferente. Sin embargo, recordaba tantas tardes anteriores a su viaje, tardes en las que había disfrutado de Julia recostada sobre él, la cabeza contra el pecho, el tibio perfume del cuerpo, era una conmovedora sensación de ternura, había que reconocerlo. Nunca le había gustado oficiar de protector de nadie, excepto aquellas tardes.

Cuando abrió los ojos, tardó en darse cuenta dónde estaba. Poco a poco, los contornos de la habitación fueron definiéndose y percibió que se hallaba en su casa, al pie de la cama las maletas abiertas y su ropa desordenada todavía en éstas, era verdad que había llegado ayer de Londres. El reloj del velador marcaba las once y media de la mañana. Se vio con los ojos abiertos en la cama de Julia, se acordó de su insomnio pero ya no de cómo había hecho para irse del departamento de Julia y regresar a su casa. Acaso el largo viaje en avión y la intensidad de la noche habían terminado por hacerle perder la noción de lo que le rodeaba, y había vuelto a casa tambaleando (eran apenas diez cuadras), los pies en un espacio que no era el de aquello sólido que lo rodeaba ni tampoco el esponjoso de los sueños. Después se dio cuenta que estaba todavía con la ropa de anoche, la arrugada camisa gris, los arrugados pantalones negros. Después se dio cuenta que oprimía en la mano derecha un transparente sostén de seda color crema. El sostén estaba manchado con sangre.

William cerró los ojos e hizo un esfuerzo para concentrarse y tratar de recuperar de su interior algún fragmento, alguna imagen de aquellas horas que habían desaparecido de su vida. La última vez que había visto el reloj en el departamento de Julia había sido alrededor de las tres de la mañana: más de ocho horas de las que no podía dar cuenta. Tuvo miedo. El sostén ensangrentado de Julia (tenía que ser de ella), el encontrarse en su casa y no en la habitación de Julia, le hacían pensar que algo extraño había sucedido. Pero no debía pensar en lo peor todavía: lo mejor sería llamar a Julia, y a partir de ahí comenzar a especular.

Llamó. No había línea. Recordó que Julia había descolgado el teléfono para evitar interrupciones. Decidió darse una ducha con agua muy fría y después ir al departamento, pensó que no había hecho nada y por lo tanto no tenía nada que temer, o acaso sí, acaso quería regresar como cualquier pirómano al lugar del incendio. Dejó el sostén con cuidado sobre una cómoda, entró al baño, se desnudó y comprobó la presencia de rasguños en su cuerpo: acaso el desborde de la pasión, pensó, dos meses no pasan en vano, o acaso las irrevocables señales de que algo que no debía haber sucedido había sucedido. Recordó haber hecho el amor con Julia dos veces, pero no los detalles, al menos no los rasguños, aunque si se trataba de Julia era posible, ella era tan intensa, ella sabía de mordeduras y de dedos crispados que dejaban marcas, cuántas veces antes de su viaje había trazado a través de las huellas en su cuerpo el mapa de las crueles delicias de la noche anterior. Pero eso había sido antes de Londres, en los días en que el destino parecía haber descartado otras alternativas para los dos excepto la de ser únicamente el uno para el otro. Era verdad que no había suceso, por intenso que fuera, que no agotara su sentido original con el transcurrir del tiempo. Había nada más que esperar para que la maravilla del húmedo beso en los labios se tornara en añoranza de aquello que fue y no será más.

Cuando salió de la ducha con una toalla blanca amarrada a la cintura, se encontró con un hombre de sobretodo gris en su habitación. El hombre llevaba guantes y tenía en una mano el sostén de Julia. Policía, dijo, y le ordenó que se vistiera rápido, debía acompañarlo. William no tardó en deducir lo que sucedía; se vistió en silencio, nervioso, pensando en aquello que había sucedido en las horas en que no había estado, pensando en aquello que había sucedido en las semanas en que no había estado. Cuando tú no estabas, William, me acosté con Diego, y anoche cuando tú no estabas, William, alguien manchó tú manchaste alguien tú esta prenda color crema que en otras tantas noches, cuando tú estabas, te causaba tanto placer, yo te decía que eras un fetichista, no podía ser natural tanta obsesión con la ropa interior, mira en qué acabó todo, una prenda más para tu colección, poco a poco me fuiste dejando sin mi ropa interior, aunque reconozco que así como me quitabas prendas me llenabas de ellas, las de seda china eran tus favoritas, y en colores nada se comparaba al vino y al crema.

Tres hombres pululaban por la casa, revisaban armarios y basureros, hojeaban álbumes de fotografías, miraban detrás de cuadros y sofás. Uno de ellos llevaba en una bolsa de plástico lo que parecía ser un cuchillo de cocina. El cuchillo tenía unas manchas que William supuso de sangre. Entonces era verdad, y no había necesidad de hacer preguntas. Pensó que era inocente, pero sería muy difícil que se lo creyeran si ni siquiera él estaba muy seguro de creerse a sí mismo. Pensó en el hermoso cuerpo de Julia (a las tres de la mañana ella se despertó, se restregó los ojos y se incorporó, un haz de luna que ingresaba por la ventana se apoyó en sus pequeños senos, ella estaba semidesnuda, pensó *si no me atrajera tanto todo sería más fácil, podría irme y dejarla y listo,* ésa había sido la última vez), en las huellas suyas que encontrarían en su piel. Pensó en los celos y en el orgullo, en el peligro de la conjunción de ambos (peligro siempre latente en él desde la adolescencia, pero jamás se había creído tan celoso, tan orgulloso), y en el furioso amor que sentía en ese instante por Julia. La había extrañado tanto en Londres. Se dijo que eso lo redimía: cualquier cosa que había pasado con Julia en esas horas en las que no había estado, cualquier cosa, aun la más atroz, había sido por amor.

En el auto, el policía del sobretodo le preguntó si estaba consciente de lo que había hecho, y William dijo que no pero que de todos modos no importaba ya. Le daba muchísima pena lo sucedido, le partía el alma haber o creer haber hecho lo que parecía haber hecho, había una razón pero ésta ni siquiera era original, eso era lo peor, ya en cuestión de tragedias del corazón nada nuevo había bajo el sol. El policía asintió, y le dijo que por lo menos podía haber dejado en paz al gato, el gato no tenía nada que ver en el baile. William sintió que un escalofrío le recorría el cuerpo, y se dijo que si bien lo otro era difícil de ser explicado, lo del gato era aún más difícil, y que debía hacer un esfuerzo extra para dar cuenta de los actos de aquel que había estado en la madrugada cuando él no estaba. Vio por la ventana la rápida ciudad que discurría segura de sí misma, la basura acumulada en las esquinas, los sauces llorones y los jacarandás que un alcalde diligente había hecho plantar hacía años, la languidez de la gente al caminar por aceras poco concurridas, todo tan distinto de Londres. Pensó por primera vez en otras posibilidades (acaso Diego que había esperado hasta que él se fuera para poner las cosas en su lugar, Diego más enamorado

de Julia que él mismo, acaso cualquier otra persona por una razón que él jamás llegaría a conocer,
uno sabía tan poco de los demás, uno sabía tan poco incluso de la persona de la que estaba tan enamorado), no quiso descartarlas y se dijo que él era
una entre muchas opciones, no la única opción,
pero que al final no contaba tanto la verdad de lo
sucedido sino las apariencias circunstanciales que
revelaban ciertas cosas suficientes para que los encargados de administrar justicia pudiesen construir una verdad. Recordó una noche de su primer
año en la universidad, cuando en una fiesta se acostó con Janinna, la pelirroja (había sido su amor imposible durante más de seis meses y, de pronto, ahí
estaba, coqueteando abiertamente con él, ofreciéndole ir a uno de los cuartos de arriba, diciéndole después de entregarse que lo amaba mucho),
y a la mañana siguiente ella lo había llamado para
preguntarle qué era exactamente lo que había sucedido entre los dos, estaba tan borracha. Una decepción, él tan enamorado y ella ni siquiera se acordaba de que alguien había merodeado por su cuerpo, de que alguien había ingresado en su cuerpo.
Ahora podía entender a Janinna intentando saber
qué había sucedido, y podía entender por qué le
perturbaba velar el sueño de otra gente, observar el
mundo con los ojos bien abiertos mientras otros a
su lado no estaban en él.

—Hermosa mujer —dijo el policía.

—Muy hermosa —respondió William—.
Todo habría sido más fácil si ella no me hubiera
atraído tanto.

Esa noche, en una celda fría (recordaba la habitación de Julia, tan cálida, las cortinas inmóviles), William volvió a ser un fantasma insomne mientras trataba de imaginar lo sucedido. Un abogado ayudaría pero no del todo, los abogados eran buenos para armar historias pero no para acordarse por uno de las cosas que uno no se acordaba. Poco a poco, fue convenciéndose del único argumento coherente a mano (no era difícil, todo era tan obvio), fue dibujando los rasgos de un personaje con motivos y ocasión propicia, incapaz de cerrar los ojos o velar con tranquilidad al cálido cuerpo dormido a su lado, al culpable cuerpo con pretensiones de inocencia. Y después el insomnio dejó de ser insomnio y vio al personaje subiendo al patíbulo mientras el público lo acogía con violentos gritos de odio, y vio entre el público a Julia y Diego agarrados de la mano, sonrientes, llenos de gozo los dos. El personaje supo por un largo rato que eso no le estaba sucediendo en realidad, que la gente en el público era tan incorpórea como él y que bastaba un pequeño golpe en el aire para que el patíbulo se desvaneciera. Pero el largo rato concluyó y él dudó de su duda, y cuando la ríspida cuerda apretó el cuello sintió el ardor como si éste fuera real, y el sonido del cuello al quebrarse también fue muy real, aunque él ya no lo oyó. Un perro del vecindario aullaba a la luna, o acaso aullaba a un fantasma, los perros sólo aullaban a la luna y a los fantasmas. A los insomnes, a los culpables, a los que se habían desvanecido antes de tiempo por falta de opciones mejores.

La escena del crimen

Cuando el inspector Clausewitz fue informado, a las once de la noche de un martes de frío glacial y viento inmisericorde, que se había cometido un crimen en el edificio Cleveland, aspiró aire por la nariz como si la tuviera tapada, y temió lo peor. Al poco rato, sus sospechas fueron confirmadas: Zoe, la alta y flaca pelirroja que vivía en el 14-B y que se acostaba con él a cambio de que le dejara ejercer en paz su trabajo de prostituta de alto vuelo —políticos y empresarios— había sido asesinada con tres cuchilladas entre los senos candentes y poco dados al armisticio. Clausewitz caminó de un lado a otro de la oficina, limpiándose las manos húmedas en su camisa como si quisiera borrar el más mínimo trazo de la piel de Zoe. Hacía apenas dos horas que se había ahogado en el mar revuelto de su cuerpo entre las sábanas satinadas de su cama, hacía apenas una hora y media que la había dejado viva, muy viva agitando la mano a manera de despedida en la puerta entreabierta de su departamento (barco que nunca se iba a pique), la bata rosada con manchas de carmín a la altura del cuello. ¡Ah, Zoe, que te tuvieras que ir en el instante de tu perfección mayor! Clausewitz se sentó sobre su escritorio y pensó que todo había sido muy perfecto para durar más de lo que había durado. Los hombres maduros no debían enamorarse, y menos de prostitutas.

La escena del crimen: un departamento de paredes amarillas y multitud de retratos en las paredes. Clausewitz caminó abriéndose paso entre las sillas y cojines de la sala de estar en la que había una televisión encendida —Fred Astaire a colores en una propaganda de aspiradoras Dirt Devil, ¿cómo había hecho para volver a la vida?—, dejó deambular su mirada por el espacio familiar recargado de plantas y adornos de porcelana, Zoe era una mujer *barroca,* como ella misma solía llamarse, nada que ver con la austeridad de cigarrillos y whisky de Clausewitz, de sus madrugadas de *jogging* y sus domingos de fútbol. Estaban en el departamento sus subordinados en la comisaría, el detective Santa Cruz con sus bigotes bañados en tiza y el bizco detective Diez Diez y el nuevo, Sherlock, un joven con cara de adolescente que se había ganado el apodo porque se la pasaba leyendo a Conan Doyle y creía que era suficiente la razón para hacer hablar a las pistas y resolver los crímenes. Los tres detectives tenían aire de estar trabajando, pero Clausewitz sabía que habían ido allí para observarlo. Querían ver cuán real sería el gesto de dolor en la cara cuando entrara a la habitación y se topara con el cadáver de Zoe —una desarmada máquina de placer—. Seguro habían armado para sus adentros una historia fácil, un inspector enamorado y una puta que le ofrecía el cuerpo (le dejaba solazarse con su perfumado monte de venus) pero no correspondía a su amor, un inspector celoso —¡cuántos hombres, por Dios, Zoe, por lo menos deberías descansar el séptimo día!— que había terminado por perder los estribos y había hecho que el cuchillo frenético buscara la carne insumisa.

—¿Novedades?

—La prensa quiere una declaración oficial —dijo Diez Diez.

—Que se vayan al carajo.

—Zoe... la mujer murió instantáneamente.

—Eso, al menos.

—Los del laboratorio ya estuvieron aquí. Se llevaron unas muestras.

—Sangre, sudor y lágrimas. Con lo que tardan en analizar, el asesino ya estará en la China.

—Un reloj despertador estaba en el suelo de su cuarto, parado a las diez y once. Quizás sea ésa la hora del crimen, no está confirmado.

—No lo creo.

—Ningún indicio de que hayan forzado la puerta. La mujer conocía al asesino, lo dejó entrar.

—Lo cual, más que reducir la lista de sospechosos, la amplía.

Al entrar a la habitación, Clausewitz se fijó que el calendario en la pared marcaba el mes de septiembre. ¿Qué hacía septiembre en febrero? Se fijó en la foto del calendario: la plaza principal de Santa Cruz, la catedral, las palmeras desmelenadas.

La habitación olía a perfume y sexo (¿todavía?). Dos policías miraban las fotos de Zoe en las paredes, abrazada con el alcalde Sanzetenea y cuando, de adolescente, había sido elegida Miss de la Caña de Azúcar y Miss de la Leche Condensada y Miss de los Acomodadores de Cine. La bata rosada estaba tirada en el suelo. Sobre la cama despatarrada yacía Zoe, el pecho manchado de sangre, el cuerpo desnudo formando una línea curva —luna de banderas turcas—, las piernas juntas en un último gesto de pudor. La luz decrépita de una lámpara la acariciaba sin ganas. Clausewitz cerró los ojos con fuerza y se sintió culpable. Esa sensación lo asaltaba siempre que era inocente del todo. Había comenzado aquella vez hace veinte años, en una discoteca, cuando salió del baño aspirando su nariz por culpa de un resfriado y se encontró con tres amigos que confundieron ese gesto y pensaron que acababa de echarle un vuelo con cocaína. Hicieron bromas al respecto, *así que no invitas, te la tenías bien guardada,* y él quiso explicarles que estaban equivocados y comenzó a tartamudear y sintió que la sangre se agolpaba en sus mejillas y terminó sintiéndose culpable. Eso terminó por crear el principal axioma de su brillante carrera policial: los principales sospechosos eran aquellos que aparentaban muy bien su inocencia. Los inocentes solían orinarse de miedo en sus pantalones. Cuestión del terror ante la ley, del enervante miedo a ser acusado equivocadamente.

Clausewitz salió de la habitación sin volver a mirar a Zoe. Era más que suficiente una imagen pavorosa, que se superpondría a su epifánico catálogo de imágenes de Zoe en la cornisa del placer y las alteraría para siempre con perfidia y sordidez.

Había un ambiente enrarecido en la comisaría. Cuando Clausewitz abría archivos y consultaba legajos, o cruzaba los pasillos en busca del baño, sentía la mirada de sus subordinados. No debía ser fácil vivir con esa sensación de sospecha. Clausewitz los había reunido a todos en su oficina —dibujos del *Far Side* en el ventanal de la puerta— y les había dicho que se acordaría siempre de la susurrante voz de Zoe y su carcajada que quebraba cristales.

—Saben muy bien que ella era alguien especial para mí. Me duele mucho lo sucedido, pero *life goes on*. Lo único que me queda es resolver el caso para que ella duerma en paz.

¿Eso era todo? Los detectives miraron al suelo sucio —papel y ceniza—, a los diplomas en las paredes descascaradas, al helecho marchito en una maceta, a todas partes menos a él. ¿Alguien especial? Diez Diez había descubierto a Zoe hace ocho meses, cuando, debido al llamado de un vecino, debió ir a su departamento a parar la tremenda paliza que recibía a manos de un conocido industrial. Los otros vecinos se quejaron, la alta pelirroja con rescoldos de belleza en el cuerpo recibía invitados a altas horas de la noche, los hombres —incluso un par de mujeres— desfilaban como en visita de penitentes a una iglesia privada (en la que no se adoraba precisamente a una virgen). Diez Diez la llevaba arrestada a la comisaría cuando escuchó, desde el asiento trasero del coche, su voz gruesa sugiriéndole otra forma de arreglar la situación. Ese había sido el inicio de Zoe en la comisaría, una furiosa conflagración que se diseminó sin cuartel por el resto del edificio y pronto tomó a Santa Cruz y luego a Clausewitz (Sherlock había sido el único que no quiso meterse con ella, decía que era abuso de poder, los demás sospechaban que él era virgen o maricón, tenía la cara, los gestos afectados, leía mucho). Un día, tres meses atrás, Clausewitz los reunió a todos y les dijo que de ahora en adelante quedaban prohibidos de acostarse con la mujer, los vecinos hablaban, los rumores volaban y no quería que la comisaría adquiriera la fama de Capital del Pecado —así la llamaría la prensa amarilla—. Era una buena excusa, pero en el fondo todos sabían que la verdad era que Clausewitz se había enamorado de Zoe. Clausewitz estaba tan ensimismado en su amor que ya ni siquiera continuaba con su vigilia de perro de caza a las puertas del municipio, ya no investigaba a fondo los cargos de corrupción contra el alcalde Sanzetenea (licitaciones de caminos y represas acordadas de antemano gracias a sobornos de escándalo). Esas investigaciones lo habían llevado a la fama—si es que se podía entender por fama su aparición cotidiana en los noticieros de la tele—, pero se habían detenido con tanta brusquedad que se decía que Clausewitz había pasado a ser otro asalariado más del alcalde.

Después de que todos hubieran abandonado la oficina, Sherlock se le acercó respetuosamente

con su aliento a menta y le dijo que él quería en-
cargarse del caso. Clausewitz creyó no haber escuchado bien.

—¿No dije que lo haría yo en persona?

—Sí, inspector. Pero, con su permiso, este
caso está hecho como para mí. Es como si el asesino hubiera estado pensando en mí cuando acuchi-
llaba a... esa mujer. ¿No comprende que está jugando con nosotros? Mire las pistas, tan torpes, el
calendario con la imagen de Santa Cruz, y el reloj
parado en las diez y once, bueno, casi, lo correcto
es diez y diez. ¡Diez Diez! ¿Se da cuenta?

Clausewitz aspiró su nariz.

—¿Qué? ¿Diez Diez es el criminal? ¿Santa
Cruz?

—Las pistas se muerden la cola —continuó Sherlock, animado—, no conducen a otra cosa más que a sí mismas. El asesino está jugando con
nosotros, ha puesto las cosas así para que las descu-
briéramos. Éste es un problema intelectual, y, por
eso, con el perdón de usted, creo ser el indicado
para resolverlo.

Pobre Sherlock, pensó Clausewitz pasándose la mano por el pelo canoso, siempre tan im-
pertinente, tan arrogante en su certeza de creer que
con tres cosas aprendidas a la rápida podía descubrir el sentido de la vida. Tan menospreciado en la
comisaría, ratón de biblioteca al que no se le dejaba más que el trabajo de oficina. No se daba cuenta que había entrado a formar parte de un ritual,
venía con sus ansias desaforadas de hacerse cargo

de los crímenes más complicados y Clausewitz lo ignoraba sin delicadeza.

Al inspector se le ocurrió de pronto que los demás detectives le estaban diciendo por boca de Sherlock que no confiaban en él para llegar al fondo de la verdad, que él era el principal sospechoso de la muerte de Zoe. Se sintió observado y acusado. Debía resolver el crimen antes de que llegaran los resultados del laboratorio.

—Grábate esto en tu memoria —dijo Clausewitz, reponiéndose—. Cuando se trata de crímenes, no hubo, no hay, no habrá nunca un problema puramente intelectual. Son nuestras pasiones las que terminan por imponerse y llevarnos al fondo del abismo. ¿Entendido?

—No diga que no se lo dije —fue lo último que le escuchó a Sherlock, antes de cerrar la puerta—. Estas pistas no conducen a otra cosa más que a sí mismas.

Esa noche, Clausewitz se había quedado hasta la madrugada —café aguado y cigarrillos— leyendo la agenda de Zoe, un verdadero quién es quién del poder, un archivo de los descarados hilos que manejaban la ciudad entre polvo y polvo. Ella se lo había mencionado alguna vez, le había contado que guardaba un registro minucioso de todos sus visitantes. Él le había pedido que por favor no escribiera su nombre. Zoe se había reído y, tirando la cabellera hacía atrás, le había dicho que no se preocupara, tenía un apodo para cada uno.

—¿Y cuál es el mío?

—Se dice el pecado, no el nombre del pecador.

Ahora lo sabía: *Iluso.* ¡Ah, cómo dolía! Había leído también las líneas apuradas que escribía después de cada visita en su letra de gorrión tartamudo, se había enterado de nuevo que era un pésimo amante, que sólo pensaba en su placer, que ella no había comenzado cuando él ya estaba en sus jadeos de desmonte. ¿Qué lo había llevado a creer que ella le correspondía? ¿De dónde el desparpajo de tanta ilusión? Recordó cómo durante la última visita él le había dicho que dejara esa vida, él tenía unos ahorros y podían irse a Aruba o Curazao o algún otro lugar de nombre mágico en el Caribe, podían cerrar ese capítulo turbio de la edad madura y dedicarse a envejecer juntos bajo el sol abrasador. Recordó que ella lo había mirado perpleja y luego había prorrumpido en una carcajada hiriente —rasguido de uñas en los cristales—. Había sido de ilusos pensar que ella abandonaría su vida de prostituta de la corte real, enmarañada de oro y satín. Después de todo, ella se acostaba con él no porque lo quería sino para poder seguir acostándose con los demás.

Habían hecho el amor una vez más, Clausewitz con la sensación de la despedida inminente. Cuando le llegó la hora de irse, y ella se vistió, apresurada —la carne relampagueando entre las ropas—, y lo acompañó a la puerta y le acarició la mejilla y agitó la mano viéndolo partir, él sabía que no volvería más por el Cleveland. Uno tenía su orgullo, después de todo. Clausewitz se acarició la nuca, le dolía la cabeza. No debía dejar que el pensamiento hiciera sus acrobáticos tirabuzones que no conducían a nada. Porque, ¿qué sabía de Zoe? No mucho. Que tenía una vasta colección de ropa interior (brocados elegantes en ínfimas telas). Le gustaban las telenovelas y Don Francisco y los dibujos animados (¡el gallo Claudio!) y le fascinaba Miguel Bosé. Extrañaba su infancia de libélulas y conejos en la finca de sus abuelos. Le gustaban las joyas y no soportaba la suciedad y el tráfico. A veces tomaba pastillas para dormir y fumaba marihuana. Prefería ganarse la vida así a volver a su escuálido sueldo de recepcionista. Se ahogaba en perfumes y se depilaba muy seguido y se prefería muerta a vieja. Le encantaban el tequila y las películas porno. No sabía mucho, ella era evasiva y no disponían más que de una hora a la semana, y él prefería no desperdiciar los minutos charlando (quizá ése era el significado del reloj detenido, el asesino se había cansado del paso inclemente del tiempo, que se llevaba consigo su tiempo con ella). No mucho, y sin embargo —o quizá por eso—, el se había entregado a ella como desesperado lebrel a su dueño.

Hojeó la agenda, quiso descubrir el apodo del alcalde. Se acordó de un dos de diciembre en que se cruzaron por los escalones de piedra del Cleveland. Buscó la página, encontró su nombre: Sherlock.

Tenía que ser una coincidencia.

A medida que se acercaba la fecha en que se conocería el informe del laboratorio, la atmósfera enrarecida se tornaba claustrofóbica en la comisaría. Nadie quería decirlo en voz alta, pero las conversaciones en los pasillos no dejaban dudas hacia quién apuntaban las sospechas. Los dedos de Diez Diez tamborileaban en su mesa, ¿como esperando una confesión? Santa Cruz se pasaba la lengua por los labios y el bigote de tiza, ¿gato maula que esperaba el ascenso después de cazar al mísero ratón? Sherlock pasaba un informe a máquina a la vez que hacía un crucigrama, ¿descifrando en éste el nombre del criminal? Clausewitz, el terno arrugado y el sombrero en la mano, sentía el peso de las miradas —ojos cargados de acusación e infamia— cuando caminaba entre las oficinas y los estantes de ese recinto minúsculo y polvoriento donde las plantas morían por falta de riego y luz. ¡Ah, que te tuvieras que ir en tu instante de oprobio mayor! Golpeaba su pierna con las mesas, se apretaba un dedo al cerrar un cajón, hacía caer su café, estornudaba y aspiraba su nariz, era un desesperanzado compendio de gestos que cualquiera con un mediocre conocimiento de cómo funcionaba la mente de un criminal tomaría como obvio indicio de culpa. Cómo lo decepcionaban sus subordinados al dejarse llevar por lo visible, al creer sin tapujos que había una fácil correlación entre la culpa interior y el gesto exterior, de nada habían servido sus años de proselitismo en la comisaría.

Sherlock. Tenía que ser una coincidencia. Si tuvieran que nombrar un detective, noventa y nueve de cien personas elegirían Sherlock. Pero, ¿por qué le había dado Zoe el apodo de un detective célebre por su rectitud moral al corrupto del alcalde? ¿Y qué sabía de Sherlock? Que le gustaban las pastillas de menta. Que no tenía mucha experiencia de trabajo...

Entonces creyó recordar algo. Volvió a su oficina, cerró la puerta y hurgó en un cajón hasta encontrar el dossier de Sherlock. Sí, aquí estaba: había llegado a trabajar dos meses antes de que conociera a Zoe. Venía recomendado personalmente por el secretario privado del alcalde.

Fue al baño, necesitaba salir de ese ambiente. Mientras orinaba, comenzó a ver claro: Sherlock tenía razón, las pistas se mordían la cola. No conducían más que a sí mismas, o, en todo caso, a un amante de las pistas, del asesinato como un rompecabezas intelectual. Aun más: la escena del crimen no conducía más que a sí misma. Era posible que Zoe hubiera sido un juego de espejos del alcalde, la forma banal en que se lo había logrado distraer de su investigación en los negociados del municipio, hombres necios que os dejáis seducir con tanta facilidad. Era posible que Sherlock hubiera sido enviado a la comisaría para vigilarlo, para que el alcalde y sus secuaces estuvieran al tanto de sus movimientos.

Las gotas caían leves en el urinario desportillado. ¿Y el calendario con la foto de Santa Cruz? ¿Y el reloj parado a las diez y diez? Si Diez Diez había descubierto a Zoe, ¿no indicaba eso que también formaba parte de la conspiración? Y Santa Cruz, él también había pasado por Zoe, al menos eso decían... Ellos dos, ¿otros tristes detectives en las interminables planillas de asalariados del alcalde? Le habían dicho que no se metiera con Sanzetenea, tenía comprados a periodistas y jueces, a todos aquellos con el poder suficiente como para necesitar ser comprados. Hacía rato que su investigación se había ido en picada, gracias a Zoe, pero estaba visto que eso no era suficiente, debían rematar el trabajo deshaciéndose de él. Se pudriría en una cárcel, ya tenían las huellas y el motivo. Debía aceptar que había sido un plan admirable.

Tocaron a la puerta. Clausewitz palpó su Magnum en la sobaquera. Las gotas caían leves en el urinario desportillado.

—¿Inspector? —era la voz de Sherlock—. ¿Me escucha? El juego terminó. No intente hacer nada raro. Salga con las manos en alto.

—¿Con qué autoridad? —Clausewitz aspiró la nariz, cerró su bragueta, se había quedado a medias.

—Acaba de llamar el jefe de policía. Recibió el informe. Ha sido separado de su cargo hasta que se demuestre su inocencia.

Los tres detectives lo esperaban afuera. Clausewitz miró los rostros firmes, arrogantes, olió el aliento a menta.

—No tengo por qué demostrar mi inocencia. Soy inocente.

Iba a entregar su Magnum a Diez Diez, pero al final no lo hizo, giró hacia la izquierda y se dirigió corriendo hacia las escaleras de servicio, gritando su culpable inocencia. Cuando caía gracias a tres impactos en la espalda, alcanzó a pensar que, si todo era un engaño, quizá Zoe estuviera viva en Aruba o Curazao o algún otro lugar de nombre mágico en el Caribe, dispuesta a cerrar ese capítulo turbio de la edad madura y envejecer bajo el sol abrasador.

Dochera

a Piero Ghezzi

Todas las tardes la hija de Inaco se llama Io, Aar es el río de Suiza y Somerset Maugham ha escrito *La luna y seis peniques.* El símbolo químico del oro es Au, Ravel ha compuesto el *Bolero* y hay puntos y rayas que indican letras. Insípido es soso, las iniciales del asesino de Lincoln son JWB, las casas de campo de los jerarcas rusos son *dachas,* Puskas es un gran futbolista húngaro, Verónica Lake es una famosa *femme fatale,* héroe de Calama es Avaroa y la palabra clave de *Ciudadano Kane* es Rosebud. Todas las tardes Benjamín Laredo revisa diccionarios, enciclopedias y trabajos pasados para crear el crucigrama que saldrá al día siguiente en *El Heraldo* de Piedras Blancas. Es una rutina que ya dura veinticuatro años: después del almuerzo, Laredo se pone un apretado terno negro, camisa de seda blanca, corbata de moño rojo y zapatos de charol que brillan como los charcos en las calles después de una noche de lluvia. Se perfuma, afeita y peina con gomina, y luego se encierra en su escritorio con una botella de vino tinto y el concierto de violín de Mendelssohn en el estéreo para, con una caja de lápices Staedtler de punta fina, cruzar palabras en líneas horizontales y verticales, junto a fotos en blanco y negro de políticos, artistas y edificios célebres. Una frase serpentea a lo largo y ancho del cuadrado, la de Oscar Wilde la más usada: *Puedo resistir a todo menos a las tentaciones.* Una de Borges es la favorita del momento: *He cometido el peor de los pecados: no fui feliz.* ¡Preclara belleza de lo que se va creando ante nuestros ojos nunca cansados de sorprenderse! ¡Maravilla de la novedad en la repetición! ¡Pasmo ante el acto siempre igual y siempre nuevo!

Sentado en la silla de nogal que le ha causado un dolor crónico en la espalda, royendo la madera astillada del lápiz, Laredo se enfrenta al rectángulo de papel bond con urgencia, como si en éste se encontrara, oculto en su vasta claridad, el mensaje cifrado de su destino. Hay momentos en que las palabras se resisten a entrelazarse, en que un dato orográfico no quiere combinar con el sinónimo de *impertérrito.* Laredo apura su vino y mira hacia las paredes. Quienes pueden ayudarlo están ahí, en fotos de papel sepia que parecen gastarse de tanto ser observadas, un marco de plata bruñida al lado de otro atiborrando los cuatro costados y dejando apenas espacio para un marco más: Wilhelm Kundt, el alemán de la nariz quebrada (la gente que hace crucigramas es muy apasionada), el fugitivo nazi que en menos de dos años en Piedras Blancas se inventó un pasado de célebre crucigramista gracias a su exuberante dominio del castellano —decían que era tan esquelético porque sólo devoraba páginas de diccionarios de etimologías en el desayuno, almorzaba sinónimos y antónimos, cenaba galicismos y neologismos—; Federico

Carrasco, de asombroso parecido con Fred Astaire, que descendió en la locura al creerse Joyce e intentar hacer de sus crucigramas reducidas versiones de *Finnegans Wake;* Luisa Laredo, su madre alcohólica, que debió usar el seudónimo de Benjamín Laredo para que sus crucigramas abundantes en despreciada flora y fauna y olvidadas artistas pudieran ganar aceptación y prestigio en Piedras Blancas; su madre, que lo había criado sola (al enterarse del embarazo, el padre de dieciséis años huyó en tren y no se supo más de él), y que, al descubrir que a los cinco años él ya sabía que agarradera era *asa* y tasca *bar*, le había prohibido que hiciera sus crucigramas por miedo a que siguiera su camino. Cansa ser pobre. Tú serás ingeniero. Pero ella lo había dejado cuando cumplió diez, al no poder resistir un feroz *delirium tremens* en el que las palabras cobraban vida y la perseguían como mastines tras la presa.

Todos los días Laredo mira al crucigrama en estado de crisálida, y luego a las fotos en las paredes. ¿A quién invocaría hoy? ¿Necesitaba la precisión de Kundt? *Piedra labrada con que se forman los arcos o bóvedas,* seis letras. ¿El dato entre arcano y esotérico de Carrasco? *Cinematógrafo de John Ford* en *El Fugitivo,* ocho letras. ¿La diligencia de su madre para dar un lugar a aquello que se dejaba de lado? *Preceptora de Isabel la Católica, autora de unos comentarios a la obra de Aristóteles,* siete letras. Alguien siempre dirige su mano tiznada de carbón al diccionario y enciclopedia correctos (sus preferidos, el de María Moliner, con sus bordes garabateados, y la Enciclopedia Británica desactualizada pero capaz de informarlo de árboles caducifolios y juegos de cartas en la Alta Edad Media), y luego ocurre la alquimia verbal y esas palabras yaciendo juntas de manera incongruente — dictador cubano de los 50, planta dicotiledónea de Centro América, deidad de los indios Mohauks—, de pronto cobran sentido y parecen nacidas para estar una al lado de la otra.

Después, Laredo camina las siete cuadras que separan su casa del rústico edificio de *El Heraldo,* y entrega el crucigrama a la secretaria de redacción, en un sobre lacrado que no puede ser abierto hasta minutos antes de ser colocado en la página A14. La secretaria, una cuarentona de camisas floreadas y lentes de cristales negros e inmensos como tarántulas dormidas, le dice cada vez que puede que sus obras son joyas para guardar en el *alhajero de los recuerdos,* y que ella hace unos tallarines con pollo *para chuparse los dedos,* y a él no le vendría mal *un paréntesis en su admirable labor.* Laredo murmura unas disculpas, y mira al suelo. Desde que su primera y única novia lo dejó a los dieciocho años por un muy premiado poeta maldito —o, como él prefería llamarlo, un maldito poeta—, Laredo se había pasado la vida mirando al suelo cuando tenía alguna mujer cerca suyo. Su natural timidez se hizo más pronunciada, y se recluyó en una vida solitaria, dedicada a sus estudios de arqueología (abandonados al tercer año) y al laberinto intelectual de los crucigramas. La última década pudo haberse aprovechado de su fama en algunas ocasiones, pero no lo hizo porque él, ante todo, era un hombre muy ético.

Antes de abandonar el periódico, Laredo pasa por la oficina del editor, que le entrega su cheque entre calurosas palmadas en la espalda. Es su única exigencia: cada crucigrama debe pagarse el día de su entrega, excepto los del sábado y el domingo, que se pagan el lunes. Laredo inspecciona el cheque a contraluz, se sorprende con la suma a pesar de conocerla de memoria. Su madre estaría muy orgullosa de él si supiera que podía vivir de su arte. *Debiste haber confiado más en mí, mamá.* Laredo vuelve al hogar con paso cansino, rumiando posibles definiciones para el siguiente día. Pájaro extinguido, uno de los primeros reyes de Babilonia, país atacado por Pedro Camacho en *La tía Julia y el escribidor,* isótopo radiactivo de un elemento natural, civilización contemporánea de la nazca en la costa norte del Perú, aria de Verdi, noveno mes del año lunar musulmán, tumor producido por la inflamación de los vasos linfáticos, instrumento romo, rebelde sin causa.

Ese atardecer, Benjamín Laredo volvía a casa más alegre de lo habitual. Todo le parecía radiante, incluso el mendigo sentado en la acera con la *descoyuntada cintura ósea que termina por la parte inferior el cuerpo humano* (seis letras), y el adolescente que apareció de improviso en una esquina, lo golpeó al pasar y tenía una grotesca *prominencia que forma el cartílago tiroides en la parte anterior del cuello* (cuatro letras). Acaso era el vino italiano que había tomado ese día para celebrar el fin de una semana especial por la calidad de sus cuatro últimos crucigramas. El del miércoles, cuyo tema era el *film noir* —con la foto de Fritz Lang en la esquina superior izquierda y a su lado derecho la del autor de *Double Indemnity*—, había motivado numerosas cartas de felicitación. *Estimado señor Laredo: le escribo estas líneas para decirle que lo admiro mucho, y que estoy pensando en dejar mis estudios de ingeniería industrial para seguir sus pasos. Muy Apreciado: Ojalá que Sigas con los Crucigramas Temáticos. ¿Qué Tal Uno que Tenga como Tema las Diversas Formas de Tortura Inventadas por los Militares Sudamericanos el Siglo XX?* Laredo palpaba las cartas en su bolsillo derecho y las citaba de corrido como si estuviera leyéndolas en Braille. ¿Estaría ya a la altura de Kundt? ¿Había adquirido la inmortalidad de Carrasco? ¿Lograba superar a su madre para así recuperar su nombre? Casi. Faltaba poco. Muy poco. Debía haber un premio Nobel para artistas como él: hacer crucigramas no era menos complejo y trascendental que escribir un poema. Con la delicadeza y la precisión de un soneto, las palabras se iban entrelazando de arriba a abajo y de izquierda a derecha hasta formar un todo armonioso y elegante. No se podía quejar: su popularidad era tal en Piedras Blancas que el municipio pensaba bautizar una   calle con su nombre. Nadie ya leía a los poetas malditos, y menos a los *malditos poetas,* pero prácticamente todos en la ciudad, desde ancianos beneméritos hasta gráciles Lolitas —*obsesión de Humbert Humbert, personaje de Nabokov, Sue Lyon en la pantalla gigante*—, dedicaban al menos una hora de sus días a intentar resolver sus crucigramas. Más valía el reconocimiento popular en un arte no valorado que una multitud de premios en un campo tomado en cuenta sólo por unos pretenciosos estetas, incapaces de reconocer el aire de los tiempos.

En la esquina a una cuadra de su casa una mujer con un abrigo negro esperaba un taxi *(piel usada para la confección de abrigos,* cinco letras). Las luces del alumbrado público se encendieron, su fulgor anaranjado reemplazando pálidamente la perdida luz del atardecer. Laredo pasó al lado de la mujer; ella volcó la cara y lo miró. Era joven, de edad indefinida: podía tener diecisiete o treinta y cinco años. Tenía un mechón de pelo blanco que le caía sobre la frente y le cubría el ojo derecho. Laredo continuó la marcha. Se detuvo. Ese rostro...

Un taxi se acercaba. Giró y le dijo:

—Perdón. No es mi intención molestarla, pero...

—Pero me va a molestar.

—Sólo quería saber su nombre. Me recuerda a alguien.

—Dochera.

—¿Dochera?

—Disculpe. Buenas noches.

El taxi se había detenido. Ella subió y no le dio tiempo de continuar la charla. Laredo esperó que el destartalado Ford Falcon se perdiera antes de proseguir su camino. Ese rostro... ¿a quién le recordaba ese rostro?

Se quedó despierto hasta la madrugada, dando vueltas en la cama con la luz de su velador encendida, explorando en su prolija memoria en busca de una imagen que correspondiera de algún modo con la nariz aguileña, la tez morena y la quijada prominente, la expresión entre recelosa y asustada. ¿Un rostro entrevisto en la infancia, en una sala de espera en un hospital, mientras, de la mano de su abuelo, esperaba que le informaran que su madre había vuelto de la inconsciencia alcohólica? ¿En la puerta del cine de barrio, a la hora de la entrada triunfal de las chicas de minifaldas rutilantes, de la mano de sus parejas? Aparecía la imagen de senos inverosímiles de Jayne Mansfield, que había recortado de un periódico y colado en una página de su cuaderno de matemáticas, la primera vez que había intentado hacer un crucigrama, un día después del entierro de su madre. Aparecían rubias y de pelo negro oloroso a manzana, morenas hermosas gracias al desparpajo de la naturaleza o a los malabares del maquillaje, secretarias de rostros vulgares y con el encanto o la insatisfacción de lo ordinario, mujeres de la realeza y desconocidas con las que se había cruzado por la calle, la piel no tocada varios días por el agua.

La luz se filtraba, tímida, entre las persianas de la habitación cuando apareció la mujer madura con un mechón blanco sobre la cabeza. La dueña de *El palacio de las princesas dormidas,* la revistería del vecindario donde Laredo, en la adolescencia, compraba los *Siete Días* y *Life* de donde recortaba las fotos de celebridades para sus crucigramas. La mujer que se le acercó con una mano llena de anillos de plata al verlo ocultar con torpe disimulo, en una esquina del recinto oloroso a periódicos húmedos, una *Life* entre los pliegues de la chamarra de cuero marrón.

—¿Cómo te llamas?

Lo agarraría y lo denunciaría a la policía. Un escándalo. En su cama, Laredo revivía el vértigo de unos instantes olvidados durante tantos años. Debía huir.

—Te he visto muchas veces por aquí. ¿Te gusta leer?

—Me gusta hacer crucigramas.

Era la primera vez que lo decía con tanta convicción. No había que tenerle miedo a nada. La mujer abrió sus labios en una sonrisa cómplice, sus mejillas se estrujaron como papel.

—Ya sé quién eres. Benjamín. Como tu madre, Dios la tenga en su gloria. Espero que no te guste hacer otras cosas tontas como ella.

La mujer le dio un pellizco tierno en la mejilla derecha. Benjamín sintió que el sudor se escurría por sus sienes. Apretó la revista contra su pecho.

—Ahora lárgate, antes de que venga mi esposo.

Laredo se marchó corriendo, el corazón apresurado como ahora, repitiéndose que nada le gustaba más que *hacer* crucigramas. Nada. Desde entonces no había vuelto a *El palacio de las princesas dormidas* por una mezcla de vergüenza y orgullo. Había incluso dado rodeos para no cruzar por la esquina y toparse con la mujer. ¿Qué sería de ella? Sería una anciana detrás del mostrador de la revistería. O quizá estaría cortejando a los gusanos en el cementerio municipal. Laredo repitió, su cuerpo fragmentado en líneas paralelas por la luz del día: *nada me más que. Nada.* Debía pasar la página, devolver a la mujer al olvido en que la tenía prisionera. Ella no tenía nada que ver con su presente. El único parecido con Dochera era el mechón blanco. Dochera, susurró, los ojos revoloteando por las paredes desnudas de la habitación. Do-che-ra.

Era un nombre extraño. ¿Dónde podría volver a encontrarla? Si había tomado el taxi tan cerca de su casa, acaso vivía a la vuelta de la esquina: se estremeció al pensar en esa hipotética cercanía, se mordió las uñas ya más que mordidas. Lo más probable, sin embargo, era que ella hubiera estado regresando a su casa después de visitar a alguna amiga. O a familiares. ¿A un amante?

Al día siguiente, incluyó en el crucigrama la siguiente definición: *Mujer que espera un taxi en la noche, y que vuelve locos a los hombres solitarios y sin consuelo.* Siete letras, segunda columna vertical. Había transgredido sus principios de juego limpio y su responsabilidad para con sus seguidores. Si las mentiras que poblaban las páginas de los periódicos, en las declaraciones de los políticos y los funcionarios de gobierno, se extendían al reducto sagrado de las palabras cruzadas, estables en su ofrecimiento de verdades fáciles de comprobar con una buena enciclopedia, ¿qué posibilidades existían para que el ciudadano común se salvara de la generalizada corrupción? Laredo había dejado en suspensión esos dilemas morales. Lo único que le

interesaba era enviar un mensaje a la mujer de la
noche anterior, hacerle saber que estaba pensando
en ella. La ciudad era muy chica, ella debía haberlo
reconocido. Imaginó que ella, al día siguiente, haría el crucigrama en la oficina en la que trabajaba,
y se encontraría con ese mensaje de amor que la
haría sonreír. Dochera, escribiría con lentitud, pa-
ladeando el momento, y luego llamaría al periódico para avisar que había recibido el mensaje, podían tomar un café una de esas tardes.

Esa llamada no llegó. Sí, en cambio, las de
muchas personas que habían intentado infructuo-
samente resolver el crucigrama y pedían ayuda o se
quejaban de su dificultad. Cuando, un día después,
fue publicada la solución, la gente se miró incré-
dula. ¿Dochera? ¿Quién había oído hablar de Dochera? Nadie se animó a preguntarle o discutirle a
Laredo: si él lo decía, era por algo. No por nada se
había ganado el apodo de Hacedor. El Hacedor sabía cosas que la demás gente no conocía.

Laredo volvió a intentar con: *Turbadora y*
epifánica aparición nocturna, que ha convertido un
solitario corazón en una suma salvaje y contradicto-
ria de esperanzas y desasosiegos. Y: De noche, todos los
taxis son pardos, y se llevan a la mujer de mechón
blanco, y con ella mi órgano principal de circulación
de la sangre. Y: A una cuadra de la Soledad, al final
de la tarde, hubo el despertar de un mundo. Los crucigramas mantenían la calidad habitual, pero todos, ahora, llevaban inserta, como una cicatriz que
no acababa de cerrarse, una definición que remi-
tiera al talismánico nombre de siete letras. Debía

parar. No podía. Hubo algunas críticas; no le interesaba (autor de *El Criticón*, siete letras). Sus seguidores se fueron acostumbrando, y comenzaron a ver el lado positivo: al menos podían comenzar a resolver el crucigrama con la seguridad de tener una respuesta correcta. Además, ¿no eran los genios extravagantes? Lo único diferente era que a Laredo le había tomado veinticinco años encontrar su lado excéntrico. Al Beethoven de Piedras Blancas bien podían permitírsele acciones que se salían de lo acostumbrado.

Hubo cincuenta y siete crucigramas que no encontraron respuesta. ¿Se había esfumado la mujer? ¿O es que Laredo se había equivocado en el método? ¿Debía rondar todos los días la esquina de su casa, hasta volverse a encontrar con ella? Lo había intentado tres noches, la gomina Lord Cheseline refulgiendo en su cabellera como si se tratara de un ángel en una fallida encarnación mortal. Se sintió ridículo y vulgar acosándola como un asaltante. También había visitado, sin suerte, las compañías de taxis en la ciudad, tratando de dar con los taxistas de turno aquella noche (las compañías no guardaban las listas, hablaría con el director del periódico, alguien debía escribir un editorial al respecto). ¿Poner un aviso de una página en *El Heraldo,* describiendo a Dochera y ofreciendo dinero al que pudiera darle información sobre su paradero? Pocas mujeres debían tener un mechón de pelo blanco, o un nombre tan singular. No lo haría. No había publicidad superior a la de sus crucigramas: ahora toda la ciudad, incluso quienes no hacían crucigramas, sabía que Laredo estaba enamorado de una mujer llamada Dochera. Para ser un tímido enfermizo, Laredo ya había hecho mucho (cuando la gente le preguntaba quién era ella, él bajaba la mirada y murmuraba que en una tienda de libros usados había encontrado una invaluable y ya agotada enciclopedia de los Hititas).

¿Y si la mujer le había dado un nombre falso? Ésa era la posibilidad más cruel.

Una mañana, se le ocurrió visitar el vecindario de su adolescencia, en la zona noroeste de la ciudad, profusa en sauces llorones. El entrecruzamiento de estilos creaba una zona de abigarradas temporalidades. Las casonas de patios interiores coexistían con modernas residencias, el kiosko del Coronel, con su vitrina de anticuados frascos de farmacia para los *dulces y las gomas de mascar perfumadas* (siete letras), estaba al lado de una peluquería en la que se ofrecía manicura para ambos sexos. Laredo llegó a la esquina donde se encontraba la revistería. El letrero de elegantes letras góticas, colgado sobre una corrediza puerta de metal, había sido sustituido por un basto anuncio de cerveza, bajo el cual se leía, en letras pequeñas, *Restaurante El palacio de las princesas*. Laredo asomó la cabeza por la puerta. Un hombre descalzo y en pijamas azules trapeaba el piso de mosaicos de diseños árabes. El lugar olía a detergente de limón.

—Buenos días.

El hombre dejó de trapear.

—Perdone... Aquí antes había una revistería.

—No sé nada. Sólo soy un empleado.

—La dueña tenía un mechón de pelo blanco.

El hombre se rascó la cabeza.

—Si es en la que estoy pensando, murió hace mucho. Era la dueña original del restaurante. Fue atropellada por un camión distribuidor de cervezas, el día de la inauguración.

—Lo siento.

—Yo no tengo nada que ver. Sólo soy un empleado.

—¿Alguien de la familia quedó a cargo?

—Su sobrino. Ella era viuda, y no tenía hijos. Pero el sobrino lo vendió al poco tiempo, a unos argentinos.

—Un momento... ¿No es usted...?

Laredo se marchó con paso apurado.

Esa tarde, escribía el crucigrama cincuenta y ocho de su nuevo período cuando se le ocurrió una idea. Estaba en su escritorio con un traje negro que parecía haber sido hecho por un sastre ciego (los lados desiguales, un corte diagonal en las mangas), la corbata de moño rojo y una camisa blanca manchada por gotas del vino tinto que tenía en la mano —Merlot, Les Jamelles—. Había treinta y siete libros de referencia apilados en el suelo y en la mesa de trabajo; los violines de Mendelssohn acariciaban sus lomos y sobrecubiertas ajadas. Hacía tanto frío que hasta Kundt, Carrasco y su madre parecían tiritar en las paredes. Con un Staedtler en la boca, Laredo pensó que la demostración de su amor había sido repetitiva e insuficiente. Acaso Dochera quería algo más. Cualquiera podía hacer lo que él había hecho; para distinguirse del resto, debía ir más allá de sí mismo. Utilizando como piedra angular la palabra Dochera, debía crear un mundo. *Afluente del Ganges,* cuatro letras: Mars. *Autor de Todo verdor perecerá,* ocho letras: Manterza. *Capital de Estados Unidos,* cinco letras: Deleu. *Romeo y...* seis letras: Senera. *Dirigirse,* tres letras: lei. Colocó las cinco definiciones en el crucigrama que estaba haciendo. Había que hacerlo poco a poco, con tiento.

Adolescentes en los colegios, empleados en sus oficinas y ancianos en las plazas se miraron con asombro: ¿se trataba de un error tipográfico? Al día siguiente descubrieron que no. Laredo se había pasado de los límites, pensaron algunos, rumiando la rabia de tener entre sus manos un crucigrama de imposible resolución. Otros aplaudieron los cambios: eso hacía más interesantes las cosas. Sólo lo difícil era estimulante (dos palabras, diez letras). Después de tantos años, era hora de que Laredo se renovara: ya todos conocían de memoria su repertorio, sus trucos de viejo malabarista verbal. *El Heraldo* comenzó a publicar, aparte del crucigrama de Laredo, uno normal para los descontentos. El crucigrama normal fue retirado once días después.

La furia nominalista del Beethoven de Piedras Blancas se fue acrecentando a medida que pasaban los días y no oía noticias de Dochera. Sentado en su silla de nogal noche tras noche, fue destruyendo su espalda y construyendo un mundo, superponiéndolo al que ya existía y en el que habían colaborado todas las civilizaciones y los siglos que confluían, desde el origen de los tiempos, en un escritorio desordenado en Piedras Blancas. ¡Preclara belleza de lo que se va creando ante nuestros ojos nunca cansados de sorprenderse! ¡Maravilla de la novedad en la novedad! ¡Pasmo ante el acto siempre nuevo y siempre nuevo! Se veía bailando los aires de una rondalla en el Cielo de los Hacedores —en el que los Crucigramistas ocupaban el piso más alto, con una vista privilegiada del Jardín del Paraíso, y los Poetas el último piso—, de la mano de su madre y mientras Kundt y Carrasco lo miraban de abajo arriba. Se veía desprendiéndose de la mano de su madre, convirtiéndose en una figura etérea que ascendía hacia una cegadora fuente de luz.

La labor de Laredo fue ganando en detalle y precisión mientras sus provisiones de papel bond y Staedtlers se acababan más rapido que de costumbre. La capital de Venezuela, por ejemplo, había sido primero bautizada como Senzal. Luego, el país del cual Senzal era capital había sido bautizado como Zardo. La capital de Zardo era ahora Senzal. Los héroes que habían luchado en las batallas de la independencia del siglo pasado fueron rebautizados, así como la orografía y la hidrografía de los cinco continentes, y los nombres de presidentes, ajedrecistas, actores, cantantes, insectos, pinturas, intelectuales, filósofos, mamíferos, planetas y constelaciones. Cima era *ruda,* sima era redo. Piedras Blancas era *Delora.* Autor de *El mercader de Venecia* era *Eprinip Eldat.* Famoso creador de crucigramas era *Bichse.* Especie de chaleco ajustado al cuerpo era *frantzen*. Objeto de paño que se lleva sobre el pecho como signo de piedad era *vardelt*. Era una labor infinita, y Laredo disfrutaba del desafío. La delicada pluma de un ave sostenía un universo.

El atardecer doscientos tres, Laredo volvía a casa después de entregar su crucigrama. Silbaba *La cavalleria rusticana* desafinando. Dio unos pesos al mendigo de la *doluth* descoyuntada. Sonrió a una anciana que se dejaba llevar por la correa de un pekinés tuerto (¿pekinés? ¡*zendala!*). Las luces de sodio del alumbrado público parpadeaban como gigantescas luciérnagas (¡*erewhons!*). Un olor a hierbabuena escapaba de un jardín en el que un hombre calvo y de expresión melancólica regaba las plantas. En algunos años, nadie recordará los verdaderos nombres de esas buganvillas y geranios, pensó Laredo.

En la esquina a cinco cuadras de su casa una mujer con un abrigo negro esperaba un taxi. Laredo pasó a su lado; ella volcó la cara y lo miró. Era joven, de edad indefinida. Tenía un mechón de pelo blanco que le caía sobre la frente y le cubría el ojo izquierdo. La nariz aguileña, la tez morena y la quijada prominente, la expresión entre recelosa y asustada.

Laredo se detuvo. Ese rostro...

Un taxi se acercaba. Giró y le dijo:

—Usted es Dochera.

—Y usted es Benjamín Laredo.

El Ford Falcon se detuvo. La mujer abrió la puerta trasera y, con una mano llena de anillos de plata, le hizo un gesto invitándolo a entrar.

Laredo cerró los ojos. Se vio robando ejemplares de *Life* en *El palacio de las princesas dormidas*. Se vio recortando fotos de Jayne Mansfield, y cruzando definiciones horizontales y verticales para escribir en un crucigrama *Puedo resistir a todo menos a las tentaciones*. Vio a la mujer del abrigo negro esperando un taxi aquel lejano atardecer. Se vio sentado en su silla de nogal decidiendo que el afluente del Ganges era una palabra de cuatro letras. Vio el fantasmagórico curso de su vida: una pura, asombrosa, translúcida línea recta.

¿Dochera? Ese nombre también debía ser cambiado. ¡Mukhtir!

Se dio la vuelta. Prosiguió su camino, primero con paso cansino, luego a saltos, reprimiendo sus deseos de volcar la cabeza, hasta terminar corriendo las dos cuadras que le faltaban para llegar al escritorio en el que, en las paredes atiborradas de fotos, un espacio lo esperaba.

Este libro se termino de imprimir en
el mes de agosto de 2001
en Panamericana Formas e Impresos S.A.
Calle 65 # 95-28 Bogotá, Colombia
Impreso en Colombia - Printed in Colombia